JN084984

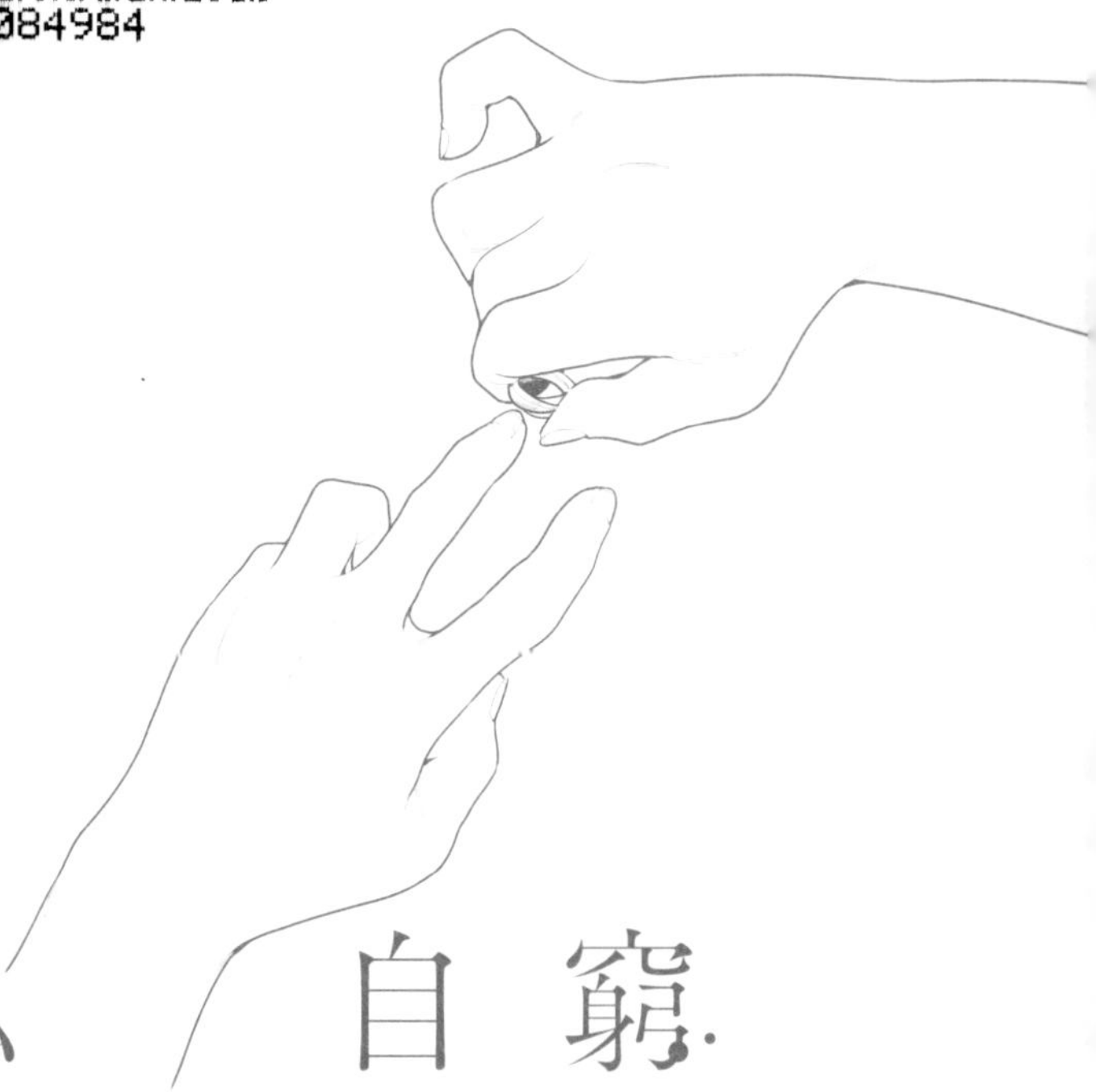

窮屈で自由な私の容れもの

蛭田亜紗子
Asako Hiruta

U-NEXT

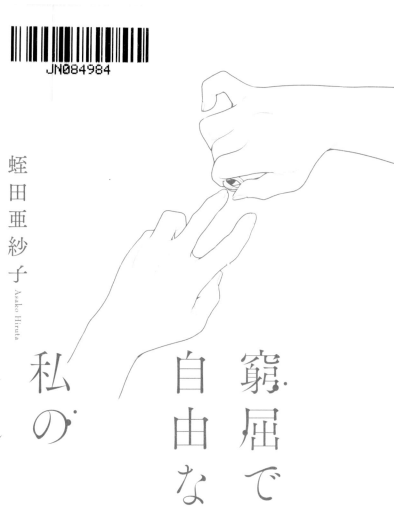

目次

装画　ばったん
装丁　鈴木久美

窮屈で自由な私の容れもの

ブルーチーズと瓶の蓋

揚げものって、ひとつも食べなくても揚げているだけで太るような気がする。気化して空気中に舞っている油の粒子を、鼻や口から吸い込んだり肌から吸収したりしているんじゃなかろうか。以前気になって調べたところ、油が蒸発する温度は三百度から五百度とあり、私の想像はあり得ないらしいとわかったけれど、納得はできていない。

壁の時計に目をやる。六時四十四分。あと一分以内に米が炊き上がるはず、と思ったとたん、炊飯器がメロディを奏でた。蓋を開けてしゃもじで切るように混ぜ、重箱みたいなサイズの二個の弁当箱のそれぞれ六分目まで詰める。二時間目のあとに食べる早弁用と、四時間目のあとの昼休み用のふたつ。中二でこの量だと、高校生になったらどれだけ食べるのか。男子の食欲のピークって何歳ぐらいなんだろう。

以前、夫の志朗《しろう》に「二個つくるのも三個つくるのも手間やコストはほとんど変わらないから、お弁当つくろうか」と提案したことがあったが、「おれのささやかな楽しみを奪わないで」と却下された。昼にどの店でラーメンを食べるか考えるのが志朗の一日のハイライトらしい。彼のSNSにはラーメンの写真だけがずらりと並んでいる。いくら塩分量や栄養バランスに気をつけた食事をつくっても、毎日ラーメンを食べられたら焼け石に水だ。一時期「もう中年なんだから」と糖質と塩分を控えた食事を出そうと心がけていたが、いまは諦めて夫と息子の味覚に迎合している。

コンロに戻ると天ぷら鍋のなかの唐揚げは焦げはじめていた。網を敷いたバットに引き上げる。唐揚げの油を切っているあいだに、卵を割って砂糖と醬油を入れてかき混ぜた。卵焼きフライパンをコンロに載せ、サラダ油を引く。フライパンが熱されるまでの数十秒がもどかしい。菜箸を油につけるとじゅっと音がしたので卵液を流し込む。

卵焼きができると、同じフライパンに油を足してウィンナーを炒めた。粗熱が取れたご飯に醬油で和《あ》えたかつおぶしを載せ、その上に海苔を敷く。唐揚げと卵焼きとウィンナーを詰める。隙間が残ったので、冷蔵庫からミニトマトとあらかじめ茹でておいたブロッコリーを出して押し込んだ。「彩りとかいらないから」と言われる対策として、不本意ではあるものの、陸《りく》の好きなマヨネーズをたっぷりと絞り出す。食べてくれるかわからないけれど、つくりおきのきんぴらごぼうも詰める。

トイレの水を流す音が聞こえた。志朗のトイレタイムは毎日規則正しいので時報代わりだ。

「りくー、そろそろ起きなさーい」と廊下に向かって声を張り上げる。

炊飯器に残っているご飯を茶碗に盛り、三口コンロのいちばん奥であたためていた味噌汁をよそう。余った卵焼きと唐揚げを小皿に取り、志朗の好きな甘ったるい海苔の佃煮を冷蔵庫から出し、それらをトレイに載せて食卓に持っていく。

「おはよ」

夜にお風呂に入る派の志朗の髪は少しぺとついていて、ボリュームのなさが目立っている。本人は毛が細くなっただけだと言い張るけれど、明らかに毛量が減った。女性の同僚に清潔感がないと疎《うと》まれていないだろうかと心配になるが、そんなのは本人の責任だと思い直す。

「そうだ、このあいだ言った転勤の話、本決まりになりそう」と志朗はご飯を口に運びながら切り出した。

「名古屋?」

「うん。今日の午後に支社長と面談が入ってるから、その話をされると思う」

「……単身赴任でいいの?」

「うん。お母さんのこと心配だろ。数年でまたこっちに戻ってくるだろうし、わざわざ家族で引っ越すほどじゃないかな」

「そうだけど……」

もやもやした気分のまま台所に戻り、冷凍庫から食パンを出してトースターに入れた。朝食は志朗は和食派、陸はパン派なのだ。

「りくー、いい加減起きて!　遅刻するよ!」廊下に向かって再度叫ぶ。

弁当箱の蓋を閉めてバンダナで包んだ。朝食を終えた志朗が食器を下げにきたので、受け取って流しに置く。

「今日の昼はどこのラーメン食べるの？」

「新潟ラーメンの店かな。背脂チャッチャ系」

「……せめて食後にトマトジュース飲んでカリウム摂ってね。塩分不使用のやつ」

「生たまねぎが入ってるラーメンだから血液さらさらになるよ」

真顔で言われて、本気か冗談か判断しかねた。

入れ替わりでどたどたと足音を立てて陸がやってくる。制服の肘や背や尻がてかてかしている。今日帰ってきたらスチームアイロンをかけてやろう。クラスの女子に不潔だと思われたら気の毒だ。

「なんで起こしてくれなかったの？」

「何度も起こしました。朝ご飯は？」

「いらない」

これで今週は全滅か。一時期、陸が朝ご飯を食べたかどうかをチェックする表をつくって壁に貼っていたのだが、「当てつけかよ」と怒って破られた。

ふたりが家を出てから、陸が食べなかったトースト（トースターに入れっぱなしになっていたので干からびていた）と残りの味噌汁（煮詰まってしょっぱい）を台所で立ったまま食べた。化粧下地を塗って眉だけ描き、着古したジーンズとニットとキルティングジャケットを着て、自転車で職場に向かう。近所にある会社の社員食堂だ。

九時になるとミーティングがおこなわれ、チーフから献立と工程と作業分担が伝えられる。本日の定食はカツ丼とマカロニサラダとわかめの味噌汁、麺ものは味噌ラーメンだ。私はカツの担当に指名される。また揚げものか。どうせなら卵でとじる工程がよかった。

豚肉の筋を包丁で切り、小麦粉をまぶし卵液にくぐらせてパン粉をつける。昼休みの時間を迎えると注文状況を見ながらそれを揚げていく。ばちばちと跳ねる油が手に当たる。熱気が顔を覆う。

ピークを過ぎて注文がまばらになると、揚げ作業をとなりの卵とじ担当の山下さんにまかせて、下げ膳を手伝った。セルフの下げ膳口に置かれたトレイを回収してスクレーパーで残飯を拭い取り、食器を分別して流し台に入れる。

「ごちそうさまでした」と目を合わせて笑顔をくれるひとと、むすっとしたまま無言でトレイを押しつけるひとがいる。志朗はどっち側だろう。せめて陸はごちそうさまでしたと言える側になってほしいけど、いまはつくり手への感謝とは無縁のようだ。

まかないはカツ抜きのたまねぎだけの卵とじ丼にした。全身に染みついた油のにおいで胸焼けして、揚げものなんて食べられない。

掃除を終えて職場を出ると三時過ぎだ。帰宅の途中でスーパーに寄る。そろそろ米が切れそうだから買わねば。つい最近買ったばかりなのに恐ろしい消費量だ。冷蔵庫に入っている食材を思い出しつつ、今日明日あさっての献立を決めて食材を選んでいく。週末なので昼食を用意する必要を見越して、三食パックのソース焼きそばと冷凍うどんも買い足した。

さらに銀行とクリーニング店に寄ってから帰宅した。洗濯機をまわし、朝の食器を洗っていると、玄関のほうから音がして陸が帰ってきた気配があった。

「なんか食べるもんない?」にきび面が台所を覗く。

「さきに『ただいま』でしょ」

「はいはい。で、食べるもんは?」

「冷凍庫に肉まんがあるよ」

「あんまんは?」

「ない。嫌いだってこないだ言ってなかった?」

「好みが変わった」

「たった数日で?」

「男子は三日で変わるみたいなことわざあるじゃん」

「男子三日会わざれば刮目して見よ。それより早くお弁当箱出しなさい」

洗濯が終わった音がしたので洗面所に向かった。空になったばかりの洗濯かごは陸の柔道着でいっぱいになっている。洗うのは明日にしようかとも思うが、時間が経つと目につんと刺さるような激しい臭気を発するので、再度洗濯機をまわすことにする。

ミルクのにおいがするふわふわの赤ちゃんはどこへ行ったのだろう。しょっちゅう女の子と間違われていた幼児のときから、それほど時間は流れていない気がするのに。

「三日会わざれば」ではないけれど、陸は三ヶ月前の写真とは明らかに顔が変わっている。半年前の写真と比べると変化にぎょっとしてしまう。いまはバランスが崩れて未完成な状態といった感じだ。

見てわかる外見よりもっと、内面の変化は激しいはずだ。感情は揺れてささくれ立ち、ときには自分でコントロールできないほど暴走してしまう。性別は違うが私だって思春期だった時代はあるから、そのたいへんさは知っていた。陸の反抗期は比較的穏やかなほうだと思うけど、それでも彼の部屋の壁には蹴って開いた穴があって、いまは本棚で隠してある。

チョウやカブトムシはさなぎのなかでどろどろに溶けて、成虫のからだをつくっていく、と陸が幼いころに好んで眺めていた昆虫図鑑に書かれていたことを近ごろよく思い出す。陸はどんな成虫になるのだろうか。べつに華麗なオオルリアゲハとかじゃなくていいから、無事にさなぎの時期を抜けてくれれば、自分なりの人生としあわせを摑んでくれれば——と思うけど、やっぱりハエや蚊にはなってほしくない。

夕食は肉じゃが、あんかけニラ玉、豆腐となめこの味噌汁になった。

「うわ、年寄りくさいメニュー」

陸はスマホをいじりながら食卓を見て、不満げな声を上げた。

「スマホ置いて食べなさい」

「肉じゃがって名前、詐欺じゃね？　ぜんぜん肉が主役じゃないじゃん」

「ちゃんと入ってるでしょ」

「薄切り肉は肉のうちに入んないから。しかもこれ豚じゃん！　豚バラじゃなくて豚コマじゃん！　今度はステーキ肉で肉じゃがつくってよ」

「はいはい、つぎはそうします」

八時近くに志朗が帰宅するとあたため直して食事を出す。

「どうだった？　転勤の件」

「決まった。四月から」

志朗は缶ビールのプルトップを上げながら言った。晩酌する日も米はきっちり食べるので明らかに糖質過多だ。

「栄転なんだよね？」

「まあね」

そこに充電が終わったスマホを取りに来た陸がやってきた。

「ちょっと話があるから」と呼び止めて座らせる。

「なに？　見たいゲーム配信があるんだけど」

「他人のゲームよりも大事な話だから少し我慢しなさい」

私はいったん「こほん」とわざとらしく咳払いしてから、話を切り出した。

「お父さんが名古屋に転勤することになりました。しばらくお母さんと陸はここでふたりで暮らすことになります」

「二年か三年かな。まあ、さきのことなんで、短くなったり長くなったりする可能性はあるけど」と志朗が補足する。

「なに？　左遷？　セクハラやったの？」

「失礼なやつだな。本部長になるから出世だよ」

「ふーん」

「お母さんを手伝って留守をしっかり守るんだぞ」

陸はうげっと呟いて顔を歪ませた。

「……おれも行こうかな、名古屋」

「お父さんの引っ越しに合わせて旅行しよっか？」

しばらく家族旅行をしていないのでいいかもしれない。急に気持ちが浮き立ってきた。

「いや、そうじゃなくて。住むってこと」と陸は冷めた目を部屋の隅に向けて言った。

「それはちょっと……おばあちゃんと離れて暮らすのは……。頻繁に顔を見に行ける距離じゃないし」

「いや、お母さんはここにいていいから。おれとお父さんが名古屋でふたり暮らしすんの」

愕然として私は息子の顔を見た。陸はくちびるを尖らせてすっとぼけた表情をしている。これは内心緊張して相手の出方を窺っているときの顔だ。

「……なんでそんなこと思いついたの？」

「環境を変えるのもいいかなーって思って」

「いまの学校に問題があるの？」

いじめという言葉が頭のなかで点滅し、鼓動が速くなる。慎重に話を引き出さなければ。

「べつに学校に不満はないけど。学校よりもむしろ家庭？」

「家庭に問題なんてないでしょ！」

かっとして大きな声が出た。

「お母さん落ち着いて」

志朗があいだに割って入る。

「カノコ、クールダウン！」

犬を躾《しつ》けるようにジェスチャーつきで陸に茶化されて、ますます腹立ちが増した。

「お母さん毎日あんたのために頑張ってるよね？　早朝からあんなにでかいお弁当ふたつもつくって、間食も用意して、晩ご飯もなるべく好みに合うようにして。お母さんがいなかったらなんにもできないくせに！」
「そういうとこだよ！　うざい！」陸がテーブルをバンと叩いて立ち上がる。
私は大きな音にたじろいでしまい、なにも言い返せない。
「あーあ、カワボンのゲーム実況、とっくにはじまってんじゃん！」
そう言い捨てて陸は自分の部屋に向かった。

陸の名古屋行きの話はあんまんの好き嫌いのようにすぐに心変わりするだろうと、本気にしていなかった。ただ反抗したかっただけで、それも正しい成長だと納得しようと努めていた。

しかし志朗と陸は翌週末にさっそくふたりで名古屋に向かった。物件を見たり付近の中学校を見学したり繁華街を歩いてみたり、着々と準備をしているようだ。

志朗も「息子との男ふたり暮らし」にロマンをかきたてられたらしく、「がっつり男めし」なんていう料理本を買ってきたりしている。うちの台所のどの棚になにが入っているかすら把握できていないくせに。普段、陸の学校のことは私にまかせきりなのにもかかわらず、転校の手続きについても調べているようだ。

「名古屋って大都市のわりにひとの出入りが少ないんでしょ。愛知県民は地元から離れないひとがほとんどなんだって。食べものも文化も独特らしいし、陸がそんなところに馴染めるかな。あの子、人見知りなところあるから」

夕食を摂っている志朗の向かいに座り、話しかけた。今晩は前に陸に言われたステーキ肉(国産ではなくアンガスビーフ)での肉じゃがだ。

「けっこう気に入ってるみたいだよ、名古屋めし」

「いくら食べものが合ったところで……」

「あいつ、なかなか耳がいいみたいで、一日で言葉もうまくなったよ。まあ、ネイティブからすると違うんだろうけど」

「猿真似みたいでかえって疎まれそう」

釈然としないまま三月も下旬になり、春休み前の最後の登校日を迎えた。クラスと部活のぶん、二枚の寄せ書きをもらって帰ってきたのを見て、ようやく腹をくくれた。家具や家電を購入して新居に配送してもらい、怠けたがる陸の尻を叩いて荷造りをさせた。転校先は公立なので試験はない。

「転校デビューするんだ」と言って生まれてはじめて美容室に行ったが、いままでの床屋の倍ぐらいするカット代に反していつもとほぼ同じ頭で帰ってきた。

出発の朝は「お母さん、いままで育ててくれてありがとう」みたいなドラマじみたひと幕があるのだろうかと身がまえていたが、新幹線に間に合わないとかでばたばたと出て行き、愁嘆場もへったくれもなかった。ふたりからの手紙やプレゼントがあるかなとほんのり期待していた自分がばかみたいだ。

私は私で、ふたりがいなくなってがらんとした家で感慨にふける時間もなく、仕事へ出かけた。

遅刻ぎりぎりで到着して、すぐに朝のミーティングがはじまる。普段は顔を見せない本部の社員がチーフの横にいて、あれっと思った。社員はチーフに目配せすると、一歩前に出て口を開いた。

「谷口チーフが今日の仕事を説明する前に、私から話があります」

その声のかたさから、これは悪い話だなと直感する。

「わが社はコロナや世界情勢による経営悪化で、ここ数年非常に苦しい戦いを強いられてきました。このたびさらなる経費削減が必要となり、精査した結果、社員食堂を閉めることが決定しました。つぎの四半期まで、つまり六月末で営業を終えることになります。みなさんにはいつもあたたかくおいしい食事とぬくもりのある接客を提供していただき、感謝しています。私としては残したかったのですが、力が及ばすたいへん申し訳ありません」

社員は深く頭を下げてから後ろに下がった。チーフが今日の献立と作業分担の説明をする。

各自持ち場に移動しながら、ざわざわと喋りだした。

「確かにいまどき社員食堂がある会社ってめずらしいよね」

「利用者もあんまり多くないし」

「昼休みぐらい、社内のひとと顔を合わせたくないっていうのもあるんじゃない？」

「あーあ、つぎの仕事さがさないと」

今日の私の持ち場は八宝菜の野菜のカットだ。白菜、にんじん、たけのこ、キクラゲと順番に切っていきながら、そうか、ひとの食事の世話をする日々が終わるんだなとしみじみと考えた。私の生活は急激に変わろうとしている。

「痛っ」包丁で左手の親指の腹を切ってしまった。ティッシュで指を押さえる。

「だいじょうぶですか？　今日はもう帰りましょうか」

ちょうど後ろを通りかかったチーフの谷口さんに傷口を覗き込まれた。

「いえ、このぐらいならすぐに血が止まると思うので……」

「じゃあ、ブドウ球菌が心配だから、食材を素手で触らない持ち場に移動しましょう。榊さんと変わってうどんを茹でてください」

ほかのひとにもらった絆創膏を貼りながら寸胴のところへ行く。

包丁での怪我なんてめったにしない。夫と息子が出て行ったことと、社員食堂廃止の件で、自分が思っている以上に動揺しているのだろう。

帰りにいつもの習慣でスーパーに寄り、五百グラム入りの肉のパックを手に取ったところで、「そうだった、もうひとり暮らしなんだ」と気付いた。こんなに大容量のパックは購入しなくていい。陸が間食に食べる冷凍チャーハンも志朗が好む銘柄の缶ビールもキープしておく必要はない。

とたんに、なにを買えばいいのかわからなくなった。自分ひとりのために献立を考えて一汁二菜や三菜つくる気にはなれない。とりあえず今晩食べるものと明日の朝食べるものとして、レトルトのパスタソースと惣菜パンとヨーグルトをかごに入れた。

レジの列に並んでいるあいだ、なんとなく前のおばあさんのかごを見た。みかんと助六寿司とクリームパンと草大福と缶チューハイ。――ああ、私もこっち側になってしまったんだ。ひとり暮らしになって自分のためだけに食料を買うのは、陸が巣立ち志朗を看取る、何十年もさきのことだと思っていた。独居老人の暮らしがこんなに早くやってくるなんて。

羽毛のように軽く感じるエコバッグを提げて帰宅した。だれもいないのはこの時間いつものことだけど、普段よりしんと静まりかえっている気がする。ヨーグルトを冷蔵庫にしまい、ティーバッグの紅茶を淹れて休憩した。

ソファで少しうとうとしてしまったが、気合いを入れて起き上がり、掃除機をかけることにした。リビング、台所、廊下、寝室とかけていき、陸の部屋に行く。だれもいないのは知っているけど、ノックして「入りますよー」と声をかけてドアを開けた。

布団はぐしゃぐしゃで床には脱いだ部屋着が丸まっていて、机の上にはスナック菓子の袋が散らかっている。クローゼットの服は減っているし、本棚も漫画本のあった一角が空白になっているけれど、間違いさがしみたいな変化で、陸が当分ここに帰ってこないなんて信じられない。——あ、違う本のカバーでカモフラージュしていた童顔で胸が大きい元アイドルのヌード写真集も消えている。

枕カバーとシーツを替えてごみを捨て、掃除機をかけると、部屋の中央に大の字になった。泣くかなと思ったけれど少しも涙は出てこなかった。感傷に浸りたがっているみたいで恥ずかしくなり、起き上がる。

陸が家を出たがった理由ははっきりしないままだ。本人が言ったように私がうざったかったせいかもしれない。違うまちで暮らすことに憧れたのかもしれない。本人は否定していたけど学校生活に不満があったのかもしれない。

中二の子どもの思いつきみたいな要望を受け入れてよかったんだろうかと、不安はあるけれど、数年後に起こることを少し先取りしただけなのだ。それに、離れないと見えてこないこともある。母親のありがたさや生まれ育ったまちのよさに気付ければ、本人の成長に繋がるだろう。悪いことではないはず、と自分に言い聞かすように思う。必要なのは、今後彼が困ったときに手を差しのばすこと。くよくよ考えるのはやめよう。

まだ時間は早いがすることもないので、夕飯を食べることにした。スパゲッティを茹で、えびのトマトクリームのパスタソースを湯煎したが、レトルト特有のにおいとわざとらしいとろみが気になった。これなら冷蔵庫の余り野菜を入れたペペロンチーノでもつくればよかった。

食べながらスマホに手を伸ばし、トークアプリを開く。仕事の休み時間に陸に送った『もう名古屋に着いたかな？　お昼はなに食べた？』というメッセージの返事がまだ来ていない。既読にはなっているのに。こんなことでやきもきするなんて、恋人の返事が遅いことを気に病む若い子みたいで恥ずかしい。『新居はどんな感じ？』と打って、送信せずに消した。


仕事が休みの週末、母のもとへ向かった。父が半年ほど前に脳梗塞で亡くなってから、母はひとり暮らしをしている。急死だったので、一時期の母は「あの日私が出かけなければ」「限定のお菓子の列になんて並ばないで早く帰ってくれば」と悔やんでばかりで目を離せない状態だった。時間の経過とともに落ち着いてきたようで、玄関チャイムを鳴らすと「はあい」と弾む声で返事をしてくれた。ドアを開けた母の顔を見て、元気そうだなとほっとする。こけていた頬はもとに戻り、つやつやとしている。

「これ、おはぎ。うちの裏に新しくできた店の」と袋を手渡す。

「ありがとう。私もいま買いものから帰ってきたばかりで。お茶淹れるからちょっと待っててね」

「おかまいなくー」

台所の棚の上にエコバッグが置いてある。なんとなく中身を見てみた。惣菜の卯の花、四個入りのミニあんパン、いちご、栗まんじゅう、缶ビール。先日レジで覗いたおばあさんの買いものかごみたいなラインナップに目を疑う。母はこういうタイプにはならないと思っていた。

「見られちゃった。雑な買いもので恥ずかしい」母はほんとうに恥ずかしそうに身をよじらせている。

「すぐに食べられるものばかりでいいね」動揺を隠して笑いかけた。

緑茶が入ったのでおはぎを小皿に出した。

「あら、お花のかたちできれい」

「味はお花のよりも、こっちの普通のこしあんのほうがおいしいんだけどね」

「せっかくだからお花のほうをいただきます」

しばらく無言で食べる。

「……やっぱりひとりだとできあいのものとかパンとか、料理しなくていいものばかり買っちゃうよね」

さきに食べ終えた私は、まだ片付けられていない母のエコバッグのほうを見ながら言った。

「そうそう。テレビで見た料理をつくろうかなってスーパーに行く途中は思っていても、気付けば菓子パンをかごに入れてるの」

「私も先週からひとり暮らしで、なにを食べればいいのかわからなくなって愕然としちゃった。いままでふたりに食べさせるのがメインで、自分は残りものを食べてたから」

「私、ずっと料理好きだと思っていたけど、そうじゃなかったみたい」

「そう？　お母さん、毎日メモ取りながら料理番組見てたし、クリスマスには必ず丸鶏焼いてたし、誕生日にはきれいにナッペしたデコレーションケーキつくってくれたじゃん。おせちも三段のを数日かけて手づくりしてさ。お父さんが糖尿病予備軍って言われてからは、食品交換表のとおりに計算して出してたじゃない。一単位が八十キロカロリーのやつ。ご飯も一グラムまできっちり計量してたよね」

「結果的にはあまり意味がなかったけど……」

「やらなかったらもっと早く違う病気になってたかもよ」とあわててフォローする。

母はお茶をすすり、しばらく遠くを見るような顔をしてから口を開いた。

「……お母さん傲慢だったなーって最近思うの」

「傲慢って、なにが？」

「花埜子《かのこ》、玄米のお弁当ほんとうは厭だったでしょう」

「あー、まあね……。玄米の味は嫌いじゃないし、栄養価が高いのは何度も聞かされて知ってたけど。白米より値段も高いしね。でも米の色が違うのは思春期には恥ずかしかったなあ。お弁当箱を覗き込んでからかう男子もいたから」

中高生のころに母のつくるお弁当は地味でちまちました和食のおかずばかりで、弁当箱も渋い曲げわっぱだった。いまはそういうお弁当のありがたみがよくわかるけど、当時はみんなと同じプラスチックの弁当箱にハンバーグやオムライスを詰めてほしいと思っていた。陸のお弁当はなるべく本人が喜ぶような内容にしていたのは、その経験があったからだ。

「家族のためにつくるごはんとか言うけど、一種の束縛よね」

自分自身に言い聞かせるように呟いた母の言葉に、私は聞こえなかったふりをする。

「お茶おかわりするね」急須を持って立ち上がった。

「そうだ、来週の月曜日から宮川さんと篠沢さんと草津に行くから。二泊三日」

宮川さんと篠沢さんは私の幼稚園時代の友だちのお母さんだ。娘たちははるかむかしに疎遠になったが、元ママ友たちは数十年経っても親しくしている。

「いいねえ、楽しんできてね」こころの底からそう言った。

実家を出て、帰りにスーパーに寄った。ここのところできあいのものばかりで、からだがビタミンを欲していると感じたので八朔《はっさく》を選ぶ。すぐに食べられるものであっても、せめておばあさんのかごには入っていなそうなものを、と考えてドイツ製のザワークラウトの瓶詰めをかごに入れた。おかずはつくる気になれず、値引きシールが貼られた焼き鳥のパックで妥協した。

帰宅してさっそく八朔を剝いた。果物ナイフで天地を落としてから縦に切れ込みをいくつか入れる。そういえばナイフが必要な柑橘を買うのは久しぶりだ。剝くのに手間がかかるし、そのわりに喜んで食べてもらえない。そこそこの値段がするフルーツよりも、安いスナック菓子のほうが志朗と陸は喜ぶ。

分厚い皮を指で剝くと台所じゅうに爽やかな香りが広がり、脳がじんと痺れた。果汁に指を濡らしながら、ぷりぷりとした輝く果肉を出していく。実を薄皮からすべて出すと、いくつか摘まんだ。みずみずしい酸味とわずかな苦みが舌から全身へと染み渡る。あとは冷蔵庫にしまった。

ザワークラウトの瓶を開けようとして、しまったと思った。瓶の蓋はあまりにもかたく、力を込めてもびくともしない。そういえば以前もまったく同じ過ちを犯したんだった――。

結婚する前、ひとり暮らししていたころに同じ商品を買って、開けられなかったことがある。捨てようか迷ったが、賞味期限が長いのでいつか開くかもと思うと気が咎めた。たまに存在を思い出して棚から出し、蓋をひねったりお湯に浸けたり輪ゴムを巻きつけたりするが、開きそうにない。そのうちにずっとさきだと思っていた賞味期限が迫ってくる。捨てるにも中身が入ったままごみに出していいのか悩んだ。

志朗と結婚するとき、新居に持ち込んだ荷物のなかにその瓶も入っていた。嫁入り道具のザワークラウト。

「これ、開かないんだよねー」

荷ほどき中に段ボールから出てきたそれを志朗に見せると、彼は「貸してみ」と言って受け取った。

ふんっと鼻息とともに蓋をひねろうとするが、やはり動かない。

「いいよ無理だから。賞味期限近いし、もう捨てちゃおう」

しかし志朗は諦めず、軍手をはめたりドライバーをねじ込んだり金槌で打ったりと格闘し、十五分ぐらい経ってから、「はい」と見事に開いた瓶を返してくれた。蓋はべこべこにへこんでいたけれど。

「おれ、ザワークラウトってはじめて！」と言ってわくわくして食べた志朗は「すっぱ！」と吐き出した。私ひとりで食べるには量が多く、結局すぐに賞味期限が切れて半分以上残った状態で捨ててしまった。

結婚してからは瓶の蓋を開けるのに困ることはなくなった。志朗はどんな蓋も開けてくれた。私には開けられない瓶でも、たいていはひねっただけで開いた。最近は陸に頼むことも増えた。

あれ以来いちども買っていなかったザワークラウトをなぜ購入してしまったのか。後悔しながら鍋に水を入れ、コンロにかける。無駄だとは思うが瓶を熱湯に浸けてみよう。沸騰するのを待っているあいだ、以前ネットで見たちょっとした小技を集めた動画で、瓶の蓋の側面を打ちつけて開けていたことを思い出した。

がんがんとシンクの角に打ちつけてみる。ぐるりと一周叩いてから、こんなんで開くとは思えないけど……と思いながらひねってみると、蓋はあっさりまわった。

将来夫を亡くしたら、蓋がかたい瓶詰めは食べられないなと思っていたのに。この強固な瓶が開けられるなら、たぶん私に開けられない瓶はない。瓶のふちに中身がついて糊のようにかたまったジャムで試してみる。やっぱり開いた。ほかに開かない瓶はないだろうかと冷蔵庫や棚をあさる。必要もないのにどんどん開けていく。

——ひとりで生きられるじゃん。

瓶の蓋ごときで大げさかもしれないけど、妙に嬉しく、くつくつと笑いがからだの奥からこみ上げてきた。

五月のゴールデンウィークに、はじめて夫と息子のところへ行った。

着いてすぐ味仙《みせん》に連れて行かれ、「台湾ラーメン三つ」と陸に注文を決められる。

「えー、こっちのラーロージャンメンっていうのが食べたいよ」

「それもおいしいけど、まずは台湾ラーメン食べて。おれはニンニクチャーハンも頼もうかな」

昼食を終えると大須《おおす》商店街をそぞろ歩き、名古屋城を散策し、それからふたりの住まいへ向かった。

「ごはん、ちゃんとつくってる?」地下鉄に乗っているときに志朗に訊ねてみた。

「最初は毎日つくろうと意気込んでたけど、いまは週の半分は宅配かテイクアウトかな。ただ、朝めしは必ず米を炊いて味噌汁つくってふたりで食べるようにしてる」

「陸もご飯なの？　パンじゃないんだ？」

「ご飯とパン両方用意するのたいへんじゃん」さも当然というように陸が言った。

「私のときはそんな気遣いしてくれなかったのに……」恨みがましい声が出る。

「で、日曜の夜はおれの担当。先週はオムライスつくった」

「へー、陸の手料理食べたいなあ」

「残念ながら今日は土曜なのでお父さんの担当です」と志朗が言った。

　マンションに着くと、陸が誕生日に買ってもらった3Dプリンタでつくった品々を持ってきた。スマホケースや犬のミニフィギュア、イヤホンとスマホとゲーム機をぴったりしまえる収納グッズなどだ。それらの説明を聞きながら、志朗が夕飯をつくるのを待つ。

　台所から「うわっ！」「失敗した～！」などと声が上がり、気になってしょうがないが見に行くのは我慢する。調理中の横からの口出しほど不快なことはない。

　部屋の壁には志朗の好きなメタルバンドのレコードジャケットが飾られていた。炎を吹くギターで三つ首のドラゴンを攻撃していたり、タイヤが丸鋸になっているバイクが世紀末っぽい都市を駆けていたり、壊滅的なセンスのイラストだ。単身赴任で独身気分を味わってはめを外すのはよく聞く話だが、息子とのふたり暮らしで中学生気分を堪能してるんじゃないかと思うと情けなくなる。

部屋の隅に埃のかたまりが転がっているのが目に留まった。掃除機をかけたいが嫌みったらしいと思われるだろうか。ふたりがいない隙にこっそりかけるべきか。こんなことで気を遣うのも癪に障る。

一時間ほどかけて完成したのは麻婆豆腐と卵スープだった。

「よく考えたら昼も辛いもんだったな、ごめん」

「いいよいいよ。そういえば台湾ラーメン、かなり辛かったのに陸が平気で食べてていびっくりしちゃった。少し前まで甘口のカレー食べてたのに」

「少し前って……そんなん小学生のときじゃん」と陸は口を尖らせた。

いただきます、と手を合わせてスプーンで麻婆豆腐をすくった。志朗の視線を痛いほど感じる。

花椒《ホアジャオ》と豆板醬がしっかり効いているが、味はやや薄い。パンチがあるようなないような微妙な具合だが、「おー、おいしいじゃーん」と褒める。志朗がほっとした顔になった。

「花椒が効いてていいね。お父さん、スパイスって苦手なのかと思ってた」

結婚当初、志朗の子ども舌で保守的な味覚に苦労させられた。少しでも酢を使うと、ひとくち食べて「ごめん、これ無理」と残された。スパイスカレーをつくったら「へんな味の種が入ってる」とホールスパイスをぺっと出された記憶がある。パクチーどころかセロリも春菊も芹もクレソンも食べられない。

「ずいぶん前に食べられるようになったよ。よく行ってた汁なし担々麵の店が、花椒いっぱいかかっててめちゃくちゃ痺れるけど旨くて。それで苦手じゃなくなった」

「へー、知らなかった」

子どもは舌と決めつけて、私のほうが彼の食べるものを制限していたのかもしれない。

「陸はどう？」夫が息子の顔色を窺う。

「うん、旨いよ」

陸は大口を開けて勢いよく食べている。その横顔を眺めながら、この子の細胞のどのぐらいに私のつくった料理が残っているんだろうと考える。

少し前まで、一日三食私のつくったものを食べていた。朝食は食べない日が多かったし、スーパーの惣菜や冷凍食品やカップラーメンも与えていたけれど、食べているもののほとんどを把握していた。

いま、陸は私があずかり知らない食べものでつくられている。全身の細胞って何日ぐらいですべて入れ替わるのか。また顔立ちが変化したというのもあいまって、知らない人間のように思えてくる。

——家族のためにつくるごはんとか言うけど、一種の束縛よね。

母の言葉がふいに頭のなかに響いた。

あのときは真意がわかりかねたけど、いまならなんとなくわかる。

食べるものを掌握するということは、相手の肉体を支配する究極の手段だ。べつに、毒を毎日少量ずつ入れるとか、わざと塩分濃度を高くして病死へ導くとか、そういう物騒な話じゃなくても。日々成長し自分の知らない面が増えていく息子でも、その細胞ひとつひとつは自分のつくった料理でできているという安心感があったのかもしれない。

そりゃ、息子にうざいって言われて逃げられるな、といまさら納得した。

陸は以前よりすっきりした顔をしている。中学に入ったころから外殻をまとおうとしているかたさがあって、それが思春期のさなぎなんだろうと思っていたけれど、いまは彼本来のやわらかい表情を浮かべていた。「お母さんから離れたことでリラックスできたの？」と問い詰めたい気持ちはあるが、卵スープとともにぐっと呑み込んだ。

「お父さん、いまもランチはラーメン食べ歩きしてる？」志朗に訊ねてみる。

「名古屋めしってこってり系の印象が強いし、台湾ラーメンみたいな強烈なのもあるけど、あっさり系ラーメンも充実してるんだよ。薬膳ラーメンって呼ばれる一派とか」

志朗のラーメン食べ歩きを内心面白くなく思っていたのも、自分の知らないものを体内に取り込んでいることへの苛立ちだったのかもしれない。もちろん健康面での心配もあるけど。

「それが楽しみなんだからいいけど、ほかの食事は塩分や油脂や炭水化物を控えてね」

「最近はラーメンは週の半分ぐらいに控えてるよ。――お、陸、もう食べたか。おかわりするか？」

「うん。ご飯多めによそって麻婆丼にしてくれる?」

いそいそと息子の茶碗を持って台所に向かう夫の後ろすがたを見て、それでもひとのためにつくる料理の尊さは否定できないと思った。

名古屋から帰ってから、眠っていた料理欲が目覚めた。できあいのものに飽きたというのもある。食べ歩きに凝るという道もあるけれど、ひとりでの外食に慣れていないので自分でつくるほうが気楽だ。

せっかくだから、つくったことどころか食べたこともないものがいい。トルコ料理、ベンガル料理、エストニア料理、中国少数民族料理などさまざまな料理本を買い込んで、そのレシピのとおりにつくっていく。食べるのは私だけなんだから、ユニークな味のものができてもかまわない。

ネットで取り寄せたブドウの葉に、ラム挽き肉や米やミントなどを詰めて巻いて煮たドルマ。「貴婦人の太もも」という扇情的なネーミングのキョフテ(つなぎに米を使ったふんわりとやわらかい揚げハンバーグで、名前のわりに馴染みのある味だった)。カロンジという見た目も風味も鉛筆の芯としか思えないスパイスと、熱すると辛み成分がもうもうと立ちこめるマスタードオイルを使った魚のカレー。ビーツとヨーグルトによる鮮やかなピンクがメルヘンの世界の食べものみたいにかわいらしい、サマーコールドスープ。煮た大豆をヨーグルトメーカーに入れて発酵させ、唐辛子や花椒などを足して熟成させた水豆鼓という調味料と、それを使った炒めもの。

最初はぴんと来なくても、同じ国の料理を続けてつくっているうちに解像度が上がってきて、そのおいしさを理解できるようになっていく。

遠く離れた国にそっくりな料理が存在するのも興味深かった。どういうルートで伝わったのか、それとも各地で自然発生した料理が偶然似ていたのか、考えるのも楽しい。地理や文化的にはあまり接点がなさそうなのに、インドにもトルコにもエストニアにも、ヨーグルトを使ったつめたいスープがある。また、トルコにはマントゥという料理があって、これは中国の饅頭《マントウ》と同じ言葉なのだろう。肉だねを小麦粉の皮で包んで茹でるのは水餃子みたいだが、ミント入りのトマトソースやヨーグルトソースをかけて食べるのが中東らしい。

料理からはその土地が見える。乾燥しているか、川や海に恵まれているか、肥沃な土か痩せた土か、暑いか寒いか。つくりながら、食べながら、その土地に暮らすひとびとを想う。歴史、宗教、日々の暮らし、家族のかたち、あらゆることが料理から見えてくる。

ひとりだとどうしても変化が乏しい生活になってしまう。そんななか、スーパーに並ぶ野菜や果物は移り変わっていく季節を教えてくれた。

グリーンピースとそら豆が並んでいたので、いっしょにご飯に入れて炊く。味つけは塩と酒だけのシンプルな豆ご飯。鮮やかな黄緑色が目にうれしく、食べると豆のやさしい甘みに笑みが洩れる。こっちでは売られているのを見たことがないが、西日本で食べられているうすいえんどうをそのうち入手して炊いてみたい。

初夏を迎え、色づいた南高梅が売られはじめた。母と梅仕事をすることにした。梅ジュースや梅酒はつくったことがあるが、梅干しは初体験だ。

水を張ったボウルに梅の実を入れ、そっと洗った。水に濡れると産毛は銀色に光る。ひとつずつ手に取って布巾で拭き、へたを竹串で取っていく。かぐわしい梅の香りがテーブルの上に広がっている。

「塩分濃度はどうする？」と母に訊ねた。

「十八パーセントぐらいが一般的だけど……」

「いまの感覚だとしょっぱいよね。でも下げすぎると失敗しやすいらしいし保存性が下がるし」

「じゃあ十五？」

「もうひと声！」

「十四で行きましょう！」

ガラス瓶を焼酎で拭いて消毒したら、梅と塩を交互に入れていく。

「梅干しって漬けたら三年連続でやらないといけないらしいよ」と母。

「なんで？」

「わからないけど、なんかよくないことが起こるんじゃない？」

「じゃあ、来年も再来年もやりましょう」

再来年か。志朗にはまた辞令が出ているだろうか。陸は高校二年になっているはずだから、高校を卒業するまでは向こうにいてもらうほうが都合がいいか。

さきのことはわからないけど、梅干しが完成したら名古屋にも送ってやろう。


ある日、出かけたついでにデパ地下を物色していて、ふとチーズ売り場を見て「そうだ、チーズだ！」と閃いた。アルコールもコーヒーも苦手な私は、「嗜好品に凝る」ということに憧れがあった。ワインやコーヒーのうんちくを言うひとに対して「ブラインドで飲んでわかるの？」と疑ってかかる気持ちもあるけれど、その世界の豊饒さが羨ましかった。

製法や国や材料の違いによって広がりを持つチーズには、そういう奥深さがある。お酒が飲めたらペアリングを楽しめるんだろうけど、単体やほかの食材との組み合わせでも充分に味わい尽くせる。

モッツァレラやクリームチーズなどのフレッシュタイプ、カマンベールなどの白かび、熟成された香りが強烈なウオッシュタイプ、パルミジャーノ・レッジャーノやミモレットなどのハードタイプ。さまざまな種類に目移りしたが、世界三大ブルーチーズであるゴルゴンゾーラ、ロックフォール、スティルトンを購入した。かなりの金額になってしまい、会計時に肝を冷やす。バゲットとクラッカーも買った。

その日の晩、さっそく食べ比べてみた。

ゴルゴンゾーラは甘口のドルチェと辛口のピカンテの二種類があるが、ドルチェのほうを買った。まずはカットしてそのまま食べてみる。舌触りがなめらかで塩気も刺激もやさしく、ほんのりミルクの甘さを感じる。ついぱくぱくと食べられてしまう。比較的安価なので、パスタソースやリゾットやチーズケーキにも惜しみなく使えそうだ。

ロックフォールは緑がかった青かびがしっかり生えていて、それらのかびはよく見るとベルベットのようにうっすら起毛している。しかも羊乳ということで、癖が強いに違いないと身がまえて口に運んだ。白い部分は意外にもクリーミーだ。そこに青かびの刺激が鋭く舌を刺し、塩気がつんと響き、脳が陶然とした。口内で溶けたあとに青かびのざらつきが夢の名残のように舌に残って、ひとすじなわではいかない奥深さがある。そんじょそこらのチーズとは異なる風格が窺えた。

スティルトンは包みから出したときから前のふたつとは違った。ぽろぽろと崩れてしまうのだ。全体的に黄色く、青かびは大理石に似た模様を描いている。こぼれそうになるかけらを口に含んだ。水分が少ないから淡泊でぱさついているのかと思いきや、バターのようにねっとりとしている。味わっていくと、ナッツみたいなこくのある香ばしさが広がった。

再度三種を順番に食べて、うーんさすが、と唸った。よくある「世界三大なんちゃら」って「なんでこれが？」というのが混じっていることが多いけど、三つとも堂々と名乗るだけの個性とおいしさがある。食べているときはどれも「これがいちばん好きだな」と思える。

ブルーチーズの濃厚な味わいをフレッシュな果物と合わせたくなった。それぞれぴったり嵌まるフルーツは違うはずだ。明日、りんごといちじくとプラムあたりを買ってこよう。秋になったら洋梨やぶどうと合わせるのもよさそうだ。薫り高い巨峰と甘いシャインマスカット、どっちが向いているだろうか。

とりあえず、バゲットに載せて蜂蜜をかけてみよう。バゲットを切ってトースターに入れ、蜂蜜の瓶を棚から出した。


三つのブルーチーズを数日かけて食べきると、また違う銘柄のブルーチーズを買ってきた。国内メーカーのものもいくつか試してみたが、まだまだ欧州の後追いをしている段階だなと感じた。プロセスチーズに青かびの風味をほんの少し足したような味わいのものが多く、世界三大のあの個性際立つおいしさとは距離を感じた。

そんななか、国産でも好みのチーズに出会った。しっかりスパイシーだけど塩味は角が取れてまろやかで、よく熟成した白かびチーズのように舌の上でとろける。ブルーチーズ本来の旨みを出しながら、食べ慣れていないひとにも受け入れられそうな穏やかさがあった。絶妙なバランスを取っている味に、日本にブルーチーズを広めるため正しく間口となるものを提供したいというポリシーを感じた。パッケージを見ると、製造しているのは同じ市内だった。販売所もあるようなので休日に向かってみた。

カーナビに従って運転していると、ずいぶん郊外へと連れて行かれた。到着したのはこぢんまりとした牧場だった。市内に牧場があるとは知らなかった。白と黒のホルスタイン種の牛がのっそり草を食んでいる。敷地の一角にログハウス風の建物があって、チーズと書かれたのぼりが出ている。どうやらそこがチーズ工房兼販売所らしい。

入ると「いらっしゃいませ」と声をかけられた。売り場の奥に工房があるらしい。ショーケースには先日食べたもののほかに、熟成期間が長いものや、地元メーカーのクラフトジンに漬けたものがあったので購入する。

会計を終えて店を出ようとしたところで、壁の求人張り紙が目に留まった。製造スタッフと販売スタッフを募集しているようだ。社員食堂の最終営業日はあと一週間ちょっとまで迫っていた。つぎの仕事は決まっていない。ここまで通うのに時間はかかるが、ひとに時間を合わせなくていい生活をしているので都合はつけられるだろう。心臓の鼓動が速くなっていく。

「あの、これってまだ募集していますか?」

レジに戻り、壁を指して訊ねた。

「ちょっと確認しますね」とレジの女性は言って奥に引っ込んだ。「しゃちょー、求人の件なんですけどー」と話す声が聞こえる。

奥から出てきたのは二十代後半ぐらいの女性だった。黒髪をすっきりと後ろに束ねてバンダナを巻き、化粧気のない顔を汗で光らせている。勝手におじさんを想像していたので意表をつかれた。

「こんにちは。求人に興味を持ってくださってありがとうございます。製造と販売、どちらをご希望ですか？」

「どちらかというと製造に興味があります。あっ、でもなにも知らなくて――」

「だいじょうぶですよ、いちから教えますので」

そこからはトントン拍子で話が進み、翌々週から働くことになった。

お土産のチーズと牛乳までもらい店を出て、車に乗り込むと、あははと笑い声が出た。

こんなにものごとを早く決断した経験なんてあっただろうか。愉快でばんばんとハンドルを叩いていたらクラクションが鳴ってしまって身を縮める。迷惑そうな牛の視線を感じたが、気のせいだろう。

チーズづくりは毎朝、搾ったばかりの牛乳を牛舎から工房へ運ぶところからはじまる。たっぷりと牛乳が入ったミルク缶は重く、腰にくる重労働だが、日によって変わる牛乳の状態を直接見ることは大切だ。

「やっぱり搾りたての牛乳でつくりたいと思って、いろんな牧場さんを訪ねたんです。なんの実績もない、ただチーズをつくりたいって語る女がやってきても、みなさん困惑されて。そんななか、面白がって敷地の一角を貸してくれたのがこの牧場だったんです」

初日、社長のゆかりさんはミルク缶を台車に乗せて運びながら語った。

「そもそもなんでチーズ工房をやろうと思ったんですか？」

「幼稚園の卒園文集で将来の夢がチーズ屋さんだったんです」

「えっ、そんなちっちゃいころから……」

「小学校の夏休みの自由研究のテーマは毎年チーズづくりでした。最初は牛乳を酢で分離させるカッテージチーズで、翌年はそこから捏ねて弾力を出して丸くするモッツァレラ。そのつぎの年は市販のブリーチーズのかけらと牛乳を電気毛布で発酵させて、それを熟成させてふわふわの白かびを生やすことに成功しました。熟成に時間がかかって夏休み中に間に合わなかったし、家族は不気味がって食べてくれませんでしたけど」

運んだ牛乳は巨大なシンクみたいな容器に注ぐ。温度を上げ、乳酸菌、青かびの胞子、酵母を入れ、発酵がはじまったらレンネットというたんぱく質を凝固させる酵素を入れる。そっと混ぜてしばらく置くと、牛乳はかたまりはじめる。ゆるいミルクゼリーのようになったものをワイヤー式のスライサーでサイコロ状にカットしてひたすら混ぜていくと、分離して黄色がかったホエイが出てくる。粒状にかたまってつやつやしはじめたチーズをすくって円筒状の容器に入れる。数時間おきに上下をひっくり返してホエイを抜いて、その日の作業は終了だ。

翌日になったら表面に塩をまぶし、熟成庫に入れる。ステンレスの針を刺してまんべんなく穴を開けて酸素の通り道をつくってやる。この穴に青かびが生えるのだ。季節や状態によって期間は変わるけど、二ヶ月から三ヶ月ほど寝かせて完成する。

「最初のころはまったく青かびが生えなかったり、逆に違うかびまで生えてしまったり、失敗続きでした。どれだけの生乳を無駄にしたことか……」

容器いっぱいに入ったチーズのもとを長いへらで混ぜるゆかりさんの上腕二頭筋は、こんもり盛り上がっている。

毎朝、熟成庫のチーズを見に行くときは胸が高鳴った。発酵食品は生きものだ。表面はさほど変化がなくても、その内部では菌類が呼吸して日々育っている。けなげでいとおしい。熟成を終えたチーズを切るときは緊張する。その断面に青かびが見事にマーブル模様を描いているのを見るたび、うつくしさにうっとりした。

仕事を終えてスマホを開くと、陸から『なんで返事くんないの?』とメッセージが届いていた。おととい届いた『八月に入ったらそっちに帰るから。いつもの唐揚げつくって』というメッセージに返事をするのを忘れていた。『ごめんごめん忙しくて』と返しながら、そういや前は陸の返事が半日来ないだけでやきもきしていたなと思い出す。

夏休みに陸は一週間ほどこっちに戻った。以前はさほど気にならなかった足音の大きさがいちいち耳障りで、自分がいかにひとり暮らしの静寂に慣れきっているかを思い知らされた。トイレのウォシュレットを五段階のうちの五まで上げてそのまま放置するのも気に入らない。私は二なのでいちいち下げる必要があり、うっかり下げ忘れてスイッチを入れると水圧に飛び上がりそうになる。

おむつ換えをしていたころは、まさかこんなことに不快感を覚える日が来るとは想像していなかった。こんな種類の子ども離れもあるのかと嘆きたくなる。

「ちょっと！　ウォシュレットの水圧を上げたらちゃんと戻しなさい」

「二なんかで使ってるほうが軟弱すぎるだろ。肛門鍛えろよ」

下品さに絶句し、やっぱり男ふたり暮らしを許したせいで……と後悔がよぎった。

シルバーウィークはまた私が名古屋に行った。そのとき陸から高専を受験するつもりだという話を聞かされた。３Ｄプリンタに嵌まって以来、ものづくりの仕事につきたいと思うようになったらしい。のんびりしたところのある陸はまだまだ将来のことなんて考えていないと思っていたので驚いた。

「でも３Ｄプリンタでいろいろつくるのが楽しいなら、デザイン系の学校に行ってプロダクトデザイナーを目指すほうがいいんじゃない？」

私は前に見せてもらった収納グッズのことを思い出していた。

「いや、かたちをつくることよりも、ものを動かす仕組みのほうに興味が出てきたから」

「最近は3Dプリンタでどんなものをつくってるの？」と訊くと、ドローンと腕時計を持ってきた。

「ええっ、こんなのつくれるの？　腕時計、市販品にしか見えないね！」

「見た目より中身のほうがすごいんだよ。トゥールビヨンっていうすっげー複雑な機構なんだから！」

少し前まで、かわいいんだかかわいくないんだかわからない犬の人形をつくって喜んでいたのに。成長スピードに圧倒される。


気温は行きつ戻りつしながら確実に下がっていき、冬が来た。牛が夏ばてして減っていた乳量も回復してきた。乳脂肪分や栄養価も冬のほうが高い。そのいっぽうでチーズの熟成はゆるやかになっていく。夏場よりも針で多めに刺して菌が呼吸しやすくするなど、扱いを変えていく。

冬休みに入り、陸と志朗がちょうどクリスマスの日に戻ってきた。クリスマスディナーはそれぞれ違うものをつくることにして、三人でスーパーに買い出しに出かける。

「おれはスパイスカレー。最近凝ってんの」と陸。まっさきにスパイスコーナーに向かい、クミンシードやクローブやターメリックやコリアンダーパウダーをかごに入れている。ずいぶん高くつきそうだ。

「やっぱブラウンカルダモンも欲しいなー」陸は棚を睨みながら呟く。

「緑のとどう違うの？」と私は訊いてみた。

「グリーンカルダモンは爽やかな香りじゃん？　ブラウンはもっと渋くて、おじいちゃんっぽい香りなんだよ。あとヒングもあったらなあ」

「なにそれ？」

「悪魔の糞って呼ばれてるスパイス。硫黄っぽいの」

「うちの台所、それがあるせいで硫黄くさいんだよな」と志朗が苦笑する。

「えー、そんなの入れなくてもよくない？」

「いや、油で熱すると香ばしいいいにおいに変わるの！　飴色たまねぎみたいな」

「わかった。帰りにアジア食材店とハラルショップもまわろう。肉はどうする？　チキン？ビーフ？」

「いや、ベジカレーにする」

「ベジ！　薄切り肉は肉じゃないって言ってた陸が！　野菜のカレーを！」

大げさに驚くと、迷惑そうな顔をされた。

「うるさいなあ。ヒングを入れるなら肉はないほうがしっくりくるんだよ。コクはナッツをペーストにして出す」

いっぽう志朗は皮から餃子をつくると張り切っている。

「粉売り場はどこ？」

こっちだよと連れて行くと、志朗は中力粉を手に取った。

「わざわざ使い途の少ない中力粉を買わなくても……。薄力粉と強力粉ならうちにあるから、それを半々で使えばいいんじゃない？」

「いや、残った中力粉で大晦日にうどんをつくる予定だから。今年は年越しうどんにしよう」

私はうちのチーズ工房の商品でいちばん好きな、クラフトジンに漬け込んで追加熟成したブルーチーズを使った料理にしようと決めていた。ジンのボタニカルな香りが甘く華やかでエキゾチックなチーズだ。アルコール分は飛んでいるので、陸が食べても酔っ払う心配はない。

フランスではチーズ熟成士という熟成専門の職業がある。温度や湿度を厳しく管理してチーズのポテンシャルを最大限に引き出すだけでなく、買いつけたチーズをさらにワインやブランデーに漬け込んだり、ラムレーズンをまとわせたり、カカオや花をまぶしたり、トリュフを挟んだりして、新たな価値と味わいを与えるのだ。

社長のゆかりさんから、熟成のアイデアを宿題として与えられていた。自分のオリジナルチーズを試作できるなんてわくわくしている。桜の花の塩漬けか、砂糖漬けにした柚子の皮で行くつもりだったけど、あとで陸が買ったスパイスを嗅いで使えそうなものがないか考えてみよう。

入口付近の野菜売り場に戻る。地元農家の野菜が並ぶコーナーにリーキがあった。

「それ、葱なの？　ずいぶん太いね」手に取ると、志朗がものめずらしそうに覗き込む。

「ヨーロッパの葱だよ」

別名ポロネギ、通常の葱よりもかなり太く短い。寒くなってからこのスーパーではときどき見かけるようになり、最近いちばん気に入っている野菜だ。葱の層がミルフィーユのように薄く幾層にも重なっていて、輪切りにして熱を通すととろりとやわらかく甘くなる。

オリーブオイルと塩で蒸し焼きにするだけでも充分においしいけど、スープやグラタンにすると絶品だ。――そうだ、グラタン。これとブルーチーズでグラタンにしよう。

それにしても、葱とブルーチーズのグラタンか。以前だったらぜったいに家族の食卓に出さなかった。でも、おいしさを理解してもらえる自信がある。

「そうだ、お母さん来年フランスに行くから」

「友だちと行くの？　それともひとり旅？」

「ううん、チーズ工房の社長が修業に行くから同行させてもらうの」

「……へええ、なんかお母さんも変わったね」と志朗が感慨深そうな顔で見つめてくる。

つぎに寄った店で無事にブラウンカルダモンとヒングを入手して帰宅した。

志朗はさっそく食卓で小麦粉を捏ねはじめる。台所からは陸が野菜を切る音が聞こえる。

私はシンプルな料理なので、ふたりの作業がある程度終わってからはじめるつもりだ。

スパイスカレーと餃子とグラタン。ばらばらで統一感のない献立ではあるけれど、好ましい。いまの私たちの食卓だ。

「じゃあまずはスタータースパイスのテンパリングからはじめまーす」と陸が独り言なんだかこっちに聞かせているのかわからない口調で言った。

台所からスパイスの香りが立ちのぼる。じゅわじゅわと弾ける音がする。

教会のバーベルスクワット

カードキーをピッと鳴らして館内に入り、靴箱を確認した。

――よかった、今夜はだれもいない。

シューズを履き替え、アルコールスプレーで手を消毒し、額で検温する。ナイロンのバッグをロッカーにしまった。ウェアは家から着てきているので着替える必要はない。壁に貼られた「マスクを着用してください」という注意書きを横目で見ながら、口もとのマスクに触れる。自分以外にだれもいない空間でも外す気はなかった。

まずは準備運動の代わりにエアロバイクのエリアへ行く。サドルとハンドルグリップを備えつけの除菌シートで拭いてからまたがり、じんわりと汗ばむまで漕ぐ。降りてまた除菌シートで拭き、手首を保護するためのリストラップを巻きながらフリーウエイトのエリアに向かう。パワーラックのバーベルを八番の高さにセットして、左右十五キロずつプレートをつけ、バネ式のストッパーを嚙ませる。バーベルシャフトの重さを含めると五十キロだ。

バーベルを肩に乗せる。肩幅よりもやや広く足を開き、お尻を後ろに突き出すようにして腰を下ろしていく。背をまっすぐ伸ばし、体幹を意識してなるべくからだがぶれないように。限界まで沈み込むと立ち上がる。大臀筋《だいでんきん》、ハムストリングス、大腿四頭筋《だいたいしとうきん》。それぞれの筋肉に負荷がかかっていることを確かめながら同じ動作を繰り返す。額に汗が滲み、マスクが呼気で湿っていく。筋肉がきしみ、血液がすみずみまで駆け巡るのを感じる。真っ暗な部屋の照明をぱちぱちとつけていくように、一日ずっと深い海の底に沈み、死んでいるように生きていた私を目覚めさせていく。

深夜、自分以外にだれもいないスポーツジムには有料チャンネルとおぼしき洋楽のBGMがやけに大きく響いている。たぶん全米チャート20とか、そのあたりのチャンネルだ。毎日来ているからどの曲も耳に馴染んでいるが、だれが歌っているなんてタイトルの曲なのかは知らない。英語に疎いので歌詞もほとんど聞き取れない。ただ純粋に、メロディと声の抑揚だけがときおり感情をかき混ぜていく。

視線はまっすぐ、鏡張りになっている正面の壁を見つめている。フォームが乱れていないか確認する。

一瞬、汗で光る自分とYの裸をそこに見た。窓のない部屋の、大きなベッドの真上にある鏡張りの天井に映ったすがた。私はぎゅっと目を瞑《つむ》り、その幻影を追い払う。

四十歳まで、と自分で設定したリミットを三年早めて降りたときには、自分の肉体を憎悪していた。

「もうやめたい」

夫の和樹《かずき》にそう告げたのは、タイミング法からはじめ、人工授精を五回しても妊娠には至らず、体外受精にステップアップする矢先のことだった。排卵誘発剤を注射してホルモン検査や超音波検査を重ね、すでに採卵日も決定し、数日後に迫ったその日を待つだけになっていた。

だけど私はずっと怖《お》じ気づいて躊躇《ちゅうちょ》していた。ここからは費用も肉体的な負担も段違いになる。犠牲を払ったぶん諦められなくなって、「今度こそ当たるから」と注ぎ込み続けるギャンブル依存者のように引き返せなくなる。やめるならいまか、それともお金も時間も使い切って疲れ果てた数年後か。明るい未来は思い描けず、地獄行きの暗い階段が足もとにどこまでも続いている気がしていた。

妊活は序盤から苦しかった。疲れていようがそういう気分じゃなかろうが、カレンダーに赤いペンで印をつけた日には和樹をせき立ててセックスしなければいけない。うつらうつらと眠りかけている彼を叱咤《しった》しながら寝間着を脱がせ、くったりと萎《な》えている性器を握ってなんとかその気にさせようと躍起《やっき》になる。結婚から十年近く経ち、とっくに「家族」になって性生活から遠ざかっていたのに、そんな雰囲気もへったくれもない性交ではうまくいくわけもなく、目的を果たせないまましぶしぶ諦める夜も少なくなかった。

これを続けていたら夫婦関係に亀裂が入ってしまう。焦りから人工授精に移行した。すると今度は採精室で用意されたＤＶＤを視聴し、容器に射精するという屈辱に耐えてもらわなければいけなくなった。婦人科の行き帰り、和樹はいつも無口でたまに口を開いても出るのはため息だけだ。その横で、沈黙と罪悪感に耐えかねて無意味な話をべらべらしてしまう自分が憎らしかった。

生理予定日からの日数を指折り数え、今回こそうまくいったかもしれないと日に日に膨らんでいく期待が、下着についた血を見た瞬間に絶望に変わる。その繰り返しは私から気力を奪い、毛布をかぶってひたすら泣くだけで陽が暮れる日も増えた。

そもそも私はほんとうに子どもがほしいのか。三十代の半ばにさしかかるまで、このまま夫婦ふたりの生活で充分だと思っていた。タイムリミットを察した肉体が焦って「ほらほら、急いで子どもをつくらないと手遅れになりますよ」と脳に信号を送っているだけで、自分の意思とは違うんじゃないのか。

そんな疑惑が頭をかすめて立ち止まりそうになるたび、兄の子と遊ぶときの和樹の顔を思い出して自分を律した。はしゃぐ甥っ子たちを背に乗せて、家じゅうを四つん這いで歩きまわる汗だくの顔。プラレールを手早く組み立ててコースをつくる得意げな顔。プレゼントする絵本を本屋で選ぶときの真剣な表情。眠っている子の求肥みたいな頬をそっとつつく愛おしげな横顔。そのどれも私とのふたりきりの生活では見せたことのないものだった。超音波のような子どもの奇声やよだれや鼻水やおむつ替えタイムに私は辟易《へきえき》して早く帰りたいのに、和樹はいつもにこにこと嬉しげだった。

何年も希望を出し続けて数年前にようやく商品開発部への異動が叶ったのに、平日の通院に対応するため、比較的ゆとりのある裏方の部署に変えてもらった。私が途中で外れたプロジェクトは順調に進んでいるようで、喜ぶべきことなのに嫉妬に苛《さいな》まれ、商品開発部が入っているフロアに足を踏み入れることすらつらくなった。

多くの女性が望もうが望むまいが楽々と飛び越えているように見えるハードルの前で、いつまで経っても下手なジャンプを繰り返しては無様に倒れている。幼い子どもをつれた女性や妊婦を見かけると嫉妬や憎しみや劣等感で気持ちがぐちゃぐちゃに乱れ、もうこれ以上は限界だと思った。

「話があるの」

食後、ソファに座ってテレビのリモコンを取ろうとした和樹の手を握って切り出した。

「なに？」

「あのね、妊活のことなんだけど」

「うん」

息を吸って吐いて、言おうとしても言葉が出てこない。

「どうした？」

「……もうやめたい」

とうとう言えた。言ってしまった。感情が決壊して涙がぼたぼたこぼれ、ちゃんと説明しなくてはと思っても言葉が続かない。

「……本気で言ってる？」

和樹はそう訊《たず》ねたきりしばらく絶句していた。天井を見て長く息を吐いたあと、「後悔しない？　奈都子《なつこ》がそうしたいなら僕はいいよ」と引きつっているものの笑顔をつくって見せてくれた。

「ごめんなさい」嗚咽《おえつ》のあいまになんとか言葉を発する。

「こっちこそごめん。そんなに思いつめてたなんて知らなかった」和樹は私を抱き寄せて、頭をぽんぽんと撫でる。「これからかかるはずだったお金で旅行にでも行こうよ。海外とかさ。南国リゾートとヨーロッパ、どっちがいい？　国内もいいよね。前に五島列島に行ってみたいって言ってなかった？」

だがじきにやってきたコロナ禍で旅行どころではなくなり、結局どこにも行けていない。


バーベルスクワット十回を五セットこなすと、つぎはバーベルランジに変える。バーベルを担ぎ直し、右足を前に踏み出す。膝がつまさきよりも前に出ないように気をつけながら、太ももが床と平行になるまで腰を下ろす。起き上がって足をもとの位置に戻し、今度は左足を踏み出して同じ動作を繰り返す。ふらついてバーベルが揺れ、踏ん張り直した。

筋トレは大きな筋肉からちいさな筋肉の順に。どこかで読んだ言葉を思い浮かべ、全身で最も大きい筋肉である大腿四頭筋にちゃんと効いていることを意識する。トレーナーに指導してもらった経験はないから、フォームはたぶんおかしなところだらけだし、無駄の多いトレーニングをしているかもしれない。でもいまは、効率よりもひとりで黙々と肉体を痛めつけることにこそ意味があった。

やめたいと思った理由には、和樹に言っていないものもある。

不妊治療をはじめてから、ホルモン剤の影響で体重がみるみる増えた。三十を過ぎたあたりから痩せにくくなり、年々体重は微増していたが、一気に自分の考える許容範囲を超えてしまった。つねに全身がむくんでいて、なにをしていても重怠《おもだる》さがつきまとう。

鏡を見るのが苦痛になった。どんな服を着てもしっくりこない。頑張ってメイクをしても、きれいな色のパウダーや細く引いたラインは肉に埋もれて代わり映えしない。とくにタイミング法を試みていたころは、自分の裸が視界に入るのも見られるのもつらく、部屋を暗くして服も全部は脱がないようにしていた。和樹がうまく反応しないのも、私が肥えて醜くなったせいじゃないかと自分を責めた。好きだった入浴もなるべく裸を直視しないよう短時間で済ませるようになった。

自己肯定感は脂肪に埋没して見えなくなっていく。だれよりも劣っていて無価値だという考えが、しぶとい五徳の汚れのように意識にこびりついて離れない。

プラスサイズモデルだとかボディポジティブだとか、ありのままの体型を肯定して愛そうという考えが最近は盛んにもてはやされている。もちろんそれは素晴らしいことだ。でも私は自分の肉体を誇れる境地には達せそうになかった。

もしも妊娠に成功すれば、この比ではない変化に翻弄されることになるのだ。からだのラインは日々変わり、もとの自分とはかけ離れたすがたになっていく。ホルモンバランスが変動し、気分はジェットコースターのように乱高下する。

そして死ぬ思いをして出産したら、そこからはもう自分のことなどかまっていられない日々がはじまる。ろくに睡眠をとれない、落ち着いて食事することもゆっくり湯船に浸かるのも難しい生活。体型を戻せる保証はどこにもない。仮に体重は落とせても、伸びた腹の皮はどうなるのか。妊娠線だって肌の代謝が落ちてきた年齢では消すことは難しいだろう。髪の毛は抜けるし歯も弱ると聞く。

「体型が変わるから妊娠出産したくない」なんて女優やモデルが言っても「母性はないのか。女としての人生の喜びよりも自分の外見が大事か」と世間に叩かれるだろう。美人でもスタイルがいいわけでもないごくごく平凡な三十代後半の私がそんなことを考えているなんて、恥ずかしくてたまらなかった。

出口のほうから物音が聞こえた気がした。どきりとしてバーベルをラックに戻し、振り向く。だがだれもいない。壁についている警備会社の緊急呼び出しボタンにちらりと視線をやってから、またバーベルを肩に担いで片足を前に踏み出した。呼び出しボタンは施設内のあちこちに設置されているが、いざというときに押せるかどうか。押せても警備会社のひとが来るまで何分かかるのか。

深夜、スタッフすらいない空間に女ひとりでいることに、怖さを感じていないと言ったら嘘になる。会員以外は入れないし、入館者はカードキーで把握され、監視カメラも複数ついている。それでも突発的におかしな行動を起こす人間がいないとは言い切れない。

——万が一殺されてもそれはそれでいいや。

そう思うと、ふっと気持ちが楽になった。

妊活をやめて半年から一年のあいだに、立て続けに身近な女性が妊娠した。とくに、四十過ぎの同僚が結婚相談所で知り合った相手と結婚して、半年ちょっとで産休に入ったときは動揺した。——やっぱり諦めるのが早すぎた。感情が乱れたけど、再開する勇気はなかった。無駄にした期間を後悔してつらくなるのが怖かった。

そんなとき、ふと閃《ひらめ》いたのが養子という方法だった。

インターネットで毎日何時間も調べ、パンフレットを取り寄せ、実際に特別養子縁組で里子を家族にしたひとのエッセイ本も購入して熟読した。単なる思いつきから、具体的な暮らしがありありと思い描けるようになった。むしろ、自分の子を産み育てるよりも想像しやすかったかもしれない。私と和樹、そして血は繋がっていないけれど大事な家族である子。私たちが守って育てて、うんとしあわせな子ども時代を過ごさせるのだ。

和樹に提案したときには、自分のなかですっかり考えが固まっていた。

「あのね、ちょっと思いついたんだけど」

下調べ済みであることを悟られないように、軽い口調で夕食後に切り出した。

「なに？」

キッチンで紅茶を淹れている和樹が振り向く。

「養子をもらうのってどうかな？」

背にぴたっとくっついて言ってみた。真夏日の夜で、彼のシャツはしっとり湿っていた。

「うーん、養子に出されるってことは事情のある子だろ？」

和樹は苦笑いのような表情を浮かべていて、あれ、と思った。予想していた反応とは違う。

「……それはそうだろうね。事情にはいろいろあるとは思うけど」

「子どもを預けなきゃいけないような親の血を引いている子って、どうなんだろう。遺伝なり環境なり、マイナス要因が情緒に影響しないのかな。やたら攻撃性があったりかんしゃく持ちだったり、育てづらい子だったら、やっぱり生みの親のせいで……ってことあるごとに思っちゃいそうじゃない？」

予想していなかった言葉に、私は驚いて和樹から身を離した。

学生のころの和樹はボランティア活動に熱心に取り組んでいた。児童館で子どもたちの勉強を見たり、障碍者や高齢者の外出を手伝ったり、ホームレスの炊き出しに参加したり。バイトと遊びに明け暮れるごく一般的な大学生だった私は、彼を立派だと思ういっぽうで、自分に時間を割いてくれないことに苛立ち、そんな自分の狭量さを嫌悪していた。それでいちどは別れたが、何年も経ってから偶然再会して結婚に至ったのだった。

そんな彼が、子どもの出自に対して否定的なことを言うなんて。ショックだった。はたちのころの彼はどこに行ったのだろう。急に知らない人間に思えて、ソファに座ってテレビを見はじめた和樹の横顔をまじまじと見る。目の下のたるみやぼこぼこと目立つ毛穴。顎に肉がつき、顔全体の輪郭がぼやけている。

――これは、だれ？

ひとつの文字をじっと見つめているとそれがなんなのかわからなくなるというゲシュタルト崩壊に似たことが、和樹の顔を見ているうちに起こった。すぐ横に知らない男がいる。つるんとした細面《ほそおもて》で、まっすぐな善意に満ちていた彼と、ほんとうに同一人物なのだろうか。いっしょにいることが当たり前になってきちんと向きあっていないあいだに別人と入れ替わったのではないか、なんてばかなことまで考えてしまう。

でも、私にだって同じ歳月が流れている。しみやくすみ、ほうれい線、白髪。しかも不妊治療をやめたのに体型は戻っていない。ジョギングをはじめてカロリー制限をしているにもかかわらず。出会ったころからの変化は私のほうが大きいかもしれない。

それきり養子の話はしなかった。パンフレットとエッセイ本は翌週の資源回収に出し、ブラウザから養子関連のブックマークをすべて削除した。


バーベルランジを終えたら、レッグプレスのマシンへ移動する。シートに腰かけてウエイトのピンを八十キロの穴に刺す。息を吐きながら足で板を押して膝を伸ばし、さらに下半身の筋肉を追い込む。一セット、二セット、三セットとこなすうちに、ハムストリングスからふくらはぎにかけてぷるぷると震え出す。

Ｋポップらしき男性グループの曲が終わり、浮遊感のあるメロディラインとかすれた歌声がエモーショナルな女性ボーカルの曲に変わる。切なげに震えるファルセットのところで、目頭がじわっと熱くなり鼻の奥が痛んだ。すんと鼻を鳴らして、脚の裏側の筋肉に意識を集中させる。


どうやってその掲示板に辿り着いたのかは憶えていない。寝つけない夜、ベッドでスマホをぼんやり眺めていて、気づけばその掲示板を開いていた。黒い背景に白い文字の、即物的な出会いを求めるアダルト掲示板。二十年ぐらい前のインターネットのにおいがする。とっくに機能していなくて、ほぼすべての書き込みが女の名前であやしげなサイトに誘導するスパム投稿だった。ただひとつを除いては。

『四十で童貞の男。いままでの人生、後悔ばかり。このまま老いて死ぬのかと思うと絶望しかない。つまらない仕事と自慰だけの生活。だれか気の毒に思ったら連絡ください』

四ヶ月前の日付が記されたその投稿には、当然のようにひとつも返事がついていなかった。いまどき出会いを求めるなら、マッチングアプリなどを活用するものじゃないのか。こんなだれも見ていないであろう掲示板に投稿したところで、収穫があるとは思えない。でも、この男はマッチングアプリのスペックありきでがつがつした世界ではやっていけないだろうな、と自分も利用したことがないのに納得する部分もあった。

居住地は同じ県で、あ、と思った。いままでネットを介してひとに会ったことなんていちどもなかった。しかもアダルト掲示板の書き込みだ。なぜメールを送ってみる気になったのか思い出せない。魔が差したとしか言いようがない。

強いて言えば、仕事がリモートワークになって和樹以外とほとんど接しなくなったこと。業績悪化のため現在所属している部署がなくなりそうだということ。養子の話を拒まれてから和樹に感じている心理的な距離。ふたりのあいだにあったときめきをひとかけらも残さず使いきってしまったこと。ソーシャル・ディスタンシングな社会における、密なコミュニケーションへの渇望。どこにも行けないフラストレーション。四十歳が近づいてきてこのままでいいのかと焦る気持ち。和樹と互いにゆるやかに老いて健康を失っていきやがて死を迎える、そんな今後数十年がくっきり見透《みとお》せてしまったこと。

それらしい理由をいくら並べ立てたところで、後付けの醜い言い訳にしかならない。彼の孤独に私の一部が共鳴したこと、それだけが大切にしたい理由だ。

以前ネットオークション用に取得したものの、いまは使っていないフリーメールのアドレスから、連絡を取った。四十歳まで女に縁のなかった男だ、どうせ怖じ気づいてやりとりの途中で逃げるだろうと思っていたが、メールの往復はスムーズではないものの続き、会う約束を取りつけるところまで行った。臆したのか、二度ほど予定をずらされて、ようやく会う日が決定した。

一秒たりともかかわりたくない人物だったらすぐに逃げられるよう、人通りの多い一角にあるチェーンのコーヒーショップで昼間に待ち合わせた。来るか来ないか、五分五分だろうと考えながら早めに着いて待つ。同じ県といってもほぼ端と端で、彼の住んでいる山あいのまちからここまでは車で約三時間かかる。途中でわれに返ってばからしくなり、引き返したとしてもおかしくない。

窓側の奥の席にいることと、黒いドット柄のワンピースを着ていることはメールで伝えていた。約束の時間を十分過ぎて、やっぱり来なかったかと嘆息して席を立とうとしたそのとき、「遅くなってすみません」と声をかけられた。

顔を上げるとひどく恐縮したようすの男性が立っていた。教室の隅でひっそり過ごしていたおとなしい男子中学生が、悪い魔女に四十男のすがたに変えられてしまった。とっさにそんな想像が頭に浮かんだ。

「こんなみっともないおじさんでごめんなさい」

私と同じぐらいの身長に見えるからだをさらに縮こめる。清潔感があって着ているギンガムチェックのシャツが好みで、なんの期待もしていなかった状況ではそれだけで充分だった。

「いえ、年齢なら私もほとんど変わらないので」

相手の緊張を解こうとにっこり笑んで言った。

彼は口数が少なく会話は弾みそうになかったので、長居せずに店を出た。あらかじめ目星をつけておいたラブホテルに入り、まごついている彼を背にタッチパネルを押して部屋を決め、エレベーターに乗った。部屋に入ってマスクを外す。エアコンの効いた空気がマスクで蒸れていた顔に触れて、解放感でくらくらした。

濃厚接触、というすっかり馴染んだ言葉が頭をよぎる。もしも彼が無自覚の感染者だったら。この部屋のどこかにウイルスが潜んでいたら。ぜったいに感染したくないし、和樹にうつすわけにはいかない。感染経路もどこまで隠し通せるものなのか。だけど、いつ割れるかわからない薄氷の上を歩くようなリスクを冒していることを意識すると、後ろめたさと同時に胸がすくような思いがして、これからの数時間への期待で身震いした。

シャワーを浴びた彼がホテルのガウンを着て出てきた。

「おいで」

ベッドに腰かけて待っていた私は、となりをぽんぽんと叩く。彼はぎこちない動作で座った。

「緊張してる？」

「あ、はい」

「じゃあリラックスしてもらおうかな」

ベッドの枕もとに置いてあった備品のアイマスクを彼の目にかぶせて視界を奪った。バッグから化粧ポーチを出して、ベビーパウダーを取る。さらさらと彼のからだに振りかけていく。指の腹がわずかに接するように彼の肌に触れる。ベビーパウダーに皮膚の水分や油分が吸い取られ、摩擦がほとんどなくなり、皮膚が過敏になっているはずだ。

指さきが脇腹に触れると彼は「あっ」とかすかな声を上げた。

「ふふ、女の子みたいでかわいい」

内ももをなぞり上げ、鼠径部《そけいぶ》に指を滑らす。女に性的に触れられた経験のないからだだと思うと、私までぞくぞくした。こらえているらしく控えめだった声はじょじょに大きくなり、やがて身をよじりながらあられもなくあえぎ続けるようになった。

全身にまぶしたパウダーの上に汗の玉がびっしり浮いているのを見て手を止め、彼のアイマスクを外した。目は切なげに潤んでいる。

私はシャツワンピースのボタンを外し、するりと脱いだ。

「下着、脱がせて」

彼の手を取って背へ誘導する。だが、ブラのホックに手間取ってなかなか外せない。

「いいよ、やっぱり自分で脱ぐから」

笑ってホックを外し、ブラを取ってショーツも脱ぐ。

はあ、と彼は半開きの口から吐息を洩らした。こんなに熱を帯びた目で見られるのはいつ以来だろう。

「ごめんね、中年太りの体型で」照れくさくなってつい自虐する。

「いえ、きれいです」

「ねえ触って」

彼の手を取って自分のからだへ導く。


夕方までホテルの部屋で過ごしたあと、近くにあるタイ料理店に入った。

ひさびさの外食だった。さっきまで裸で抱きあっていたのに、いまは卓上に置かれたアクリルの衝立《ついたて》で隔てられて座っているのが奇妙に感じる。

「さっきまでホテルでしてたことと同じぐらい、外食するのに罪悪感ない？　コロナ禍の前は日常的にしてたのに。パラダイムシフトっていうの？　社会の価値観ってこんなにあっさり一気に変わるんだね」

「そうですね」

「まあ、いくらパラダイムシフトっていっても、不倫が肯定される時代は私が生きてるあいだは来そうにないけど」

妙な高揚感があってぺらぺらと話していたが、メニューを見ている彼が困ったような表情を浮かべていることに気づいた。

「どうかした？」

「僕、タイ料理ってはじめてで」

「ほんと？」

いまどきそんなひとっているんだと驚いた。

「わからないので注文おまかせしていいですか」

私は渡されたメニューをざっと見て店員を呼び、ヤムウンセンとガイヤーンとパッタイなどをてきとうに頼んだ。

このひとに知らないものをいっぱい食べさせよう。パッタイについてきたナンプラーや唐辛子などの調味料セットを不思議そうに手に取る彼を見ながら、そう決意した。使い途《みち》のなかった母性がはけ口を見つけて疼《うず》いていた。

彼は両膝をぴったりくっつけて椅子に座っていた。そういえば和樹は電車に乗る際に脚を開いて座りがちで、私はよく「もっと閉じてよ、まわりに迷惑だから」と小声で注意していた。そのたび「男は骨格的に座ると自然に脚が開くから、しょうがないんだよ」と言い訳されるが、たぶんそんなことはないのだ。

帰宅してから彼の住んでいるまちをGoogleマップで眺めた。飲食店は定食屋やラーメン屋や居酒屋や喫茶店がぽつりぽつりとあるだけで、駅前でも片手で足りる程度の数の店しかない。確かにこの土地にずっと住んでいるなら、限られたものしか食べたことがなくてもしかたがない。メキシコ料理、ベトナム料理、南インド料理、トルコ料理、ロシア料理。毎回会う日が決まると店選びに力を入れた。Yははじめて見る料理を不思議そうに見つつ、どれもちゃんと食べてくれた。

シットアップベンチに向かう。傾斜をきつくしてから仰向けに乗り、左右交互にひねりを入れた腹筋をする。ツイストシットアップ。腹直筋、腹斜筋。十五回を三セットこなしたら、傾斜をゆるめ、頭の位置を上下逆にして寝る。ベンチの頭側の縁を摑み、足を天井に向かって上げて腰を浮かし、そしてゆっくり下ろしていく。ドラゴンフラッグ。筋力不足でからだが一直線にならずに背がすぐベンチについてしまい、正しいドラゴンフラッグとは言いがたいけれど。これも十五回を三セット。

　インターバルを取っていると、換気のためどこかから入ってくる空気がひんやりと汗を冷やす。それを心地よいと感じたことに罪悪感を覚え、インターバルを切り上げて足を天井に伸ばした。


　どうせ見せるなら少しは自分でも納得できるからだになりたくて、Ｙに会うようになってから一念発起して鍛えだした。スポーツジムに通ってウエイトトレーニングを開始すると、ジョギングやカロリー制限ではなかなか変化しなかった体重と体脂肪率がするすると落ちはじめた。三ヶ月ほどで数値は不妊治療をはじめる前に戻り、さらに減っていく。十年近く目標に設定していたがいっこうに近づけなかった体重まであっさり落ちた。

　シックスパックにはまだまだ遠いけれど、縦のラインが二本、腹筋に入った。中年女性特有の丸みを帯びていた二の腕や肩まわりは引き締まり、代わりに三角筋の丸みが浮き上がって見えるようになった。

　ここ数年、どんなにすてきに見える服でも着用してみると台無しで、着る快楽から遠ざかっていた。選ぶのはゆったりとした服ばかり。それがいまは、ボディラインにぴたりと沿ってきれいに見せてくれる服を好んで選んでいる。デザインを問わず似合わなくなっていたTシャツもしっくりくる。

毎朝、起きるとストレッチをして、それから下着になって姿見で全身の状態をチェックする。鏡を見るのが怖かった日々がずいぶん遠く思える。腸骨のあたりの肉を摘まめば、その感触で体重がだいたい予想できた。体組成計に乗って答え合わせをし、データをアプリに記録する。

妊活中もそれなりに食べるものには気を遣っていたけど、あくまで情報を得てそれに沿って頭で考えていた。それがいまは、自分の肉体がなにを求めているのか、内側から声が聞こえてくるようだ。

筋肉の疲労を感じるからビタミンB1を多く含む肉、つまり豚ヒレ肉やラム肉が欲しい。みずみずしい旬の果実に囓《かじ》りついて、汗とともに流れたビタミンCを補給したい。同じく鉄分も流れてしまって貧血気味だから、小松菜を油でさっと炒めて食べよう。ここ数日炭水化物をセーブしすぎていたので、明日の朝はしっかり米を食べたい。食物繊維の多い玄米にもち麦と黒米を足して炊こうか。

日々の献立はレシピを選ぶのではなく、からだが求める食材を中心に組み立てるように変わった。スナック菓子やインスタントラーメンはからだが求めないので、自然と買わなくなった。せっかく育ちつつある筋肉を分解するアルコールも、害悪としか思えなくなってやめた。

トーソローテーションのシートに膝立ちになって、息を吐きながら上体を左右にひねった。五十キロからはじめて一セットごとに重量を上げていき、腹筋を追い込む。腹斜筋がぎしぎしと悲鳴を上げて苦痛を訴えている。どんなダメージにも揺るがない硬質な筋肉が欲しい。歯のあいだから呻き声を洩らし、押し戻そうと刃向かう負荷に抵抗する。

筋トレをすることで思考が前向きになると説くひとたちがいる。交感神経と副交感神経のリズムが整い、自律神経が安定するらしい。そんな恩恵を受けている実感はまったくないけれど、負荷に抵抗することをやめたらもっと深い底に落ちる気がした。

会うのは三回目の日。「ちょっと休憩」と言って、裸のまま小型の冷蔵庫からミネラルウォーターのペットボトルを出した。キャップをひねって外し、口をつけて傾ける。汗をかいて水分を失ったからだに染み込んでいく。一気に三分の一ほど飲んでから、ひとくちぶんだけ口に含み、横たわっているYにキスをした。唾液まじりの水を流し込む。

こくんと喉を鳴らして嚥下《えんげ》したYは、潤んだ上目遣いでなにか言いたげに私を見た。

「なに？」

「好きです」

発熱している子どもみたいな声で告げられた。

「ありがとう。私も――」

ごく自然にするりと出そうになった言葉を、とっさのところで押しとどめる。

「よしよし」

頭を抱いて撫でてごまかしたが、呑み込んだ言葉は胸につかえたままだった。

その帰り、夕食の材料を買うため寄ったスーパーで、キャベツを選びながら考えた。右手に持ったキャベツと左手に持ったキャベツ、どっちが巻きがぎゅっと詰まっていて重いのか。泥沼に沈む前に引き返そうという理性と、どこまでも突き進んでどろどろになって堕ちていきたいという欲望、どっちが重いのか。

比べているうちにわからなくなって、てきとうなキャベツをかごに入れる。家に着いたらメールを受信拒否して連絡を断とう。愛情でがんじがらめになって身動きがとれなくなる前に。いまなら引き返せる。

会計を済ませてサッカー台にかごを置いた瞬間、スマホが鳴った。取り出して画面を見ると母からの着信だった。

「もしもし?」

「おばあちゃんが亡くなったの。これから病院に来られる?」

祖母は長く施設に入っていたので、亡くなったと聞いても「ああ、とうとう……」という感慨しか湧かなかった。童女に戻り、さらに自分が何者なのかも忘れ、言葉も通じているのかどうかわからなくなり、そんな状態で何年も生きた。

翌日の夕方、通夜の準備が整って弔問客を待つあいだ、祭壇を眺めながらそばにいる兄に話しかけた。

「結局どんな人生でも最後は同じなのかなあって考えると、なんか虚しくなっちゃうね。一生忘れたくない思い出もきっとあったはずなのに、全部忘れて、なにもできなくなって、それでもなかなか死ねないの、つらすぎる。老いって残酷だよ」

思春期以降、兄とは表面的な話以外はする機会がなかった。にもかかわらず感傷的な気分になっていたせいで、ついそんな言葉が口をついて出た。

「そう？　施設に行くたび、認知症も悪くないなって俺は思ってたけど。厭《いや》なことを全部忘れて死の恐怖からも解放されて子どもに戻れるの、よくできたシステムだと思うよ」

そんな考えもあるのかと驚いた。

コロナ禍での少人数の葬儀が終わり少し経ってから、「遺品整理を手伝って」と母に言われ、祖母の家に向かった。

玄関に入るときれいなパンプスが散乱していた。フェラガモ、プラダ、イヴ・サンローラン、グッチ。靴のまんなかにいた母が顔を上げた。

「あ、奈都子。いらっしゃい。靴の整理してたの」

「着道楽で買いもの中毒気味だったもんね、おばあちゃん」

「履いてみて」

促されて、手前にあったパテントレザーのパンプスに足を突っ込んでみる。

「あ、ぴったり」

「よかった。欲しいの持っていって」

「いいの？」

「ほかにサイズが合うひとがいないから」

私はしばらく靴を物色していたが、顔を上げて嘆息した。

「……新品同然の靴ばっかり」

「歩くの嫌いで近い距離でもタクシー使ってたからね。膝が悪かったし」

「それにしたって——」

履かない靴を買う、これほど虚しく切ないことはないように思えた。

靴はどこかへ行くためのものだ。見たい景色のある場所へ、会いたいひとのいる場所へ。

祖母はこれらの靴を履いてどこへ行きたかったのだろう。彼女がだれにも語らずに呑み込んだ幾多の感情は、脳に立ちこめた靄《もや》に隠れ、命とともに消えてしまった。

その夜、夢を見た。

私は鉄でできたパンプスを履いている。それはあまりに重たくて、足を持ち上げようとしてもびくともしない。強力な磁石で床に貼りついているのかもしれない。なんとか歩こうともがいていると、足もとが濡れていることに気づいた。どこからか水が流れているらしい。みるみるうちに水は勢いを増し、水位が上がっていく。胸まで浸かり、顎に届き、もうじき口まで来てしまうという瞬間に飛び起きた。

しばらく夢を反芻《はんすう》していたが、胸の谷間に滲んでいた厭な汗を拭い、枕もとに置いてあるスマホをさぐる。受信拒否を解除し、メールを打ち込んだ。逡巡《しゅんじゅん》する前に送信ボタンを押す。

『つぎはいつ会える?』

たった一行だけのメールがきちんと送信されたことを確認してから、また枕に顔を埋めた。となりに手を伸ばして和樹の二の腕に触れる。そこから下へ降りていき、手を繋いだ。ごめん、と呟くが、和樹は熟睡していて目覚めない。自分のしている裏切り行為に愕然《がくぜん》としながら、アクリルの板を介しているかのように現実感は希薄で、疚《やま》しさもどこか他人ごとだった。

スミスマシンの下のベンチに仰向けに寝て、バーがバストトップの真上に来るよう調節する。両肩を下げて肩甲骨をぐっと中央に寄せ、胸を張った姿勢でバーを上げていく。ベンチプレス。効かせるのは大胸筋、上腕三頭筋、三角筋だ。

十二回を五セットこなすと、つぎは大胸筋の上部を刺激するため、ベンチに角度をつけてインクラインベンチプレスをおこなう。下半身の日、腹筋の日、上半身の日など部位を分けて集中的に鍛えたほうがいいと聞くけれど、毎回全身をくまなく疲労させたかった。

足のつかない競技用プールで端から端まで息継ぎなしのクロールで泳ぐのに似た、窒息《ちっそく》しそうにがむしゃらなセックスを思い出しそうになるたび、それを打ち消すように歯を食いしばってバーを持ち上げる。もっと苦しく、極限まで。左右五キロずつウエイトを追加する。筋トレの苦痛はいくらきつくてもシンプルで混じりけのない肉体の苦痛で、感情とは遠く離れたところに存在していて、いまはむしろ癒やしだ。

尻尾がある側にも頭がついている蛇みたいなシリコン製の玩具をバッグから取り出し、「じゃーん」と悪戯《いたずら》っぽく笑って見せた。

「これはなんでしょう?」

「……双頭ディルドですか」

Yは眉毛をハの字にして、困ったような羞《は》じらうような表情を浮かべている。

「当たり！　こっちの太いほうとこっちの細いほう、どっちがいい？　選ばせてあげる」

「細いほうで……」

「そう？　遠慮しなくていいのに」

「遠慮じゃないです……」

ローションのボトルを手に取り、ディルドの両側に垂らしてまぶす。片膝をついて腰を浮かせ、その片方を自分の脚のあわいにあてがった。息を吐きながらぬるりと呑み込む。圧迫感に、んん、と声が洩れた。

「四つん這いになって後ろ向いて」

すでにバックドア用のローションをたっぷり使ってほぐしておいたYのすぼまりに、自分から生えているディルドを押し当てる。

「力を抜いて。ゆっくり息吐いて」

片手でYの腰を掴み、もう片方の手でディルドを支えて、腰を突き出していく。少しずつ先端がめり込み、Yは呻き声を上げた。

「痛い？」

「だいじょうぶ、です……」

けなげに耐えるようすにたまらなくなり、一気に突き立てたくなるけれど、傷つけないように浅いところでゆっくりと抜き差しする。動くたびに私は粘膜をこすられ、奥を抉《えぐ》られ、甘い快感が臍下《へそした》から背すじへ駆け抜けてだらしなく声を上げる。Yに覆いかぶさる体勢になり、腰の動きを速めた。

「ああ、すごい」

肉体の快感以上に、脳が熱暴走するみたいにかあっと熱くなってエラーを起こし、勝手に絶頂を迎えてしまう。

「ごめんね、苦しいよね。――あ、またいく」

口では謝りながら、私は全身を痙攣《けいれん》させてさらに深く繋がろうとする。あるときから、今後起こる事柄は過去の経験のカラーコピーに過ぎないという諦念を抱えていた。すでに知っているし、最初の鮮やかさを失っている。人生観が変わる一冊に出会うことはないし、怖いほどうつくしい夕陽を見て涙を流すこともない。残っている未経験な事柄は介護、肉親との死別、闘病、そして死ぐらい。

　だけどいま、目前にははじめて見る景色が広がっている。だれの足跡もない無垢な新雪を踏みしめている。

　Yの呻き声と私のあえぎ声が二部合唱のように重なる部屋で、何度も達して彼を求め続けた。


　チェストプレスのマシンのもとへ行く。グリップを握って息を吐きながらバーを前方に押し出す。一呼吸置いて、息を吸いながらもとに戻す。肩をすくめないよう気をつけながらそれを繰り返す。大胸筋、三角筋の前部、上腕三頭筋。胸から腕にかけての筋肉に効かせるように。

　つぎは背中だ。両手を伸ばしてラットプルマシンのグリップを握り、シートに座った。広背筋に効くように肩甲骨を寄せ、息を吐きながらバーを引いて下ろす。ノルマの回数をこなすと、その横にあるシーテッドロウに移動する。グリップを握り、ボートを漕ぐような動きでみぞおちに向かって引き寄せて、僧帽筋や広背筋など背中全体を鍛える。

スミスマシンに戻り、バックプレスをする。鏡の壁のほうを向いてベンチに座り、広くバーを握って、頭の後ろ側へ下ろしていく。耳の高さまで下ろしたら上へ戻し、肘を完全に伸ばしきらないところで止めてまた下ろす。

それが終わるとバーを高い位置に移動させて、つまさき立ちになって順手で握ってジャンプし、顎がバーの高さに来るまで上体を引き上げる。ジャンプ懸垂。十回を三セットやると、今度は逆手に変えて同様に飛び上がる。腕や肩だけでなく肩甲骨のあたり、広背筋を使うように意識しながら。

週二回に減らしたスーパーへの買い出し、ジム通い、マスクをつけてのジョギング、日用品が切れそうなときに行くドラッグストア、それがいまの日常生活における外出のほぼすべてだ。日々の暮らしにおいてネットニュースがいちばんの刺激で、社会問題やら政治家の失言やら殺人事件やら芸能ゴシップやら、つぎからつぎへと更新されるニュースに憤ったり考え込んだりと感情をかき乱され、そして数日で忘れてしまう。

バーを上げ下ろししながら近未来を夢想する。食料は三食とも定期便の完全栄養食、ネットワークには脳から直接アクセスし、同居の家族以外とはオンラインでの交流が基本。身体的なコネクションが希薄になればなるほど、自分の輪郭を確かめたくてだれかと肌を合わせたり快楽や苦痛を求めたりするように思う。

ＳＦ映画でときどき見る、宇宙ステーション内でトレッドミルで走ったりダンベルで鍛えたりしている場面を思い出す。宇宙空間では筋肉が衰えやすい等の理由もあるだろうけど、肉体を酷使することでかろうじて生身の人間であることを忘れずにいられるんじゃないのか。

ジャグジーと七色のライトつきの湯船にＹとふたりで浸かり、互いのからだを洗いあった。浴室から出てバスタオルで水気を拭き取り、服を着る。

「メイク直すから、ちょっと待ってね」

メイクポーチからアイブロウペンシルを出して、鏡に映った自分を見る。

すでに高校生のころより体重は軽い。もちろん肌の張りや肉質は十代のときとはぜんぜん違う。下着の跡はいつまでも消えないし、ラーメンは澄んだスープのあっさり系しか胃が受けつけなくなった。

だけど、十代の自分に戻りたいとは思わなかった。いまのからだで満足。消えていた眉尻を描き足しながら、鏡の向こうの自分に対して思う。転んで擦りむいて色素が沈着してしまった古い傷痕も、薄れない火傷痕も、もちろん消えてくれたほうが嬉しいけど、私の一部で歴史だ。頰に散らばるしみも以前ほどは憎たらしく感じなくなった。

自分の肉体を完全にコントロール下に置いている。望まない体型に変わっていったり、努力を重ねても妊娠に辿り着かなかったり、肉体はままならないものだと思っていたのは過去のこと。でも、この状態がいつまでも続くわけではない。そう遠くはない将来に更年期を迎えて体調が乱れるだろうし、現状では健康診断でとくに問題はないものの、臓器や細胞のひとつひとつに至るまでゆるやかに終わりに向かっているはずだ。

ここは階段の踊り場。つぎの段に降りるまでのつかのま、好きなステップで足踏みしていたい。

目の下についたアイシャドウとマスカラの汚れを綿棒で拭い、フェイスパウダーを叩き、リップを塗り直す。ブラシで乱れた髪を直し、洗面所を出た。Yはすでに帰り支度を終えてソファにちょこんと座っている。

「お待たせ。じゃあ出よっか」

「あ、はい」

私は立ち上がったYを抱きしめた。Yも背にまわした腕にぎゅっと力を入れて抱き返してくる。しばらくそのままぬくもりに浸っていた。

「……こうしてると、はじめてつきあった男のひとのことを思い出すの」

名前はかろうじて憶えているが、顔はおぼろげにしか思い出せないひと。

「そのひとに触れると、自分がどれだけ飢えていたか思い知らされて。いったん触れると離れられなくなって。何時間でもひたすら抱きあっていられたの。……ずっと忘れてた感覚、思い出させてくれてありがとう」

私は熱く長い息を吐いてからYを解放し、照れ隠しに笑って彼の顔を見た。

「さ、ごはん食べに行こ。今日はブラジル料理だよ。シュラスコって知ってる？　体力使ったぶん、お肉いっぱい食べよう。赤身肉食べて筋肉つけよう」


ひととおりメニューをこなし、ウォーターサーバーの水を飲んだ。粉末を入れてきたプロテインシェイカーをバッグから出して水を注ぎ、蓋をきっちり閉めてシェイクする。べりべりとマジックテープを鳴らしてリストラップを外した。マットでストレッチをして使った筋肉をひとつひとつ伸ばす。チョコ味のプロテインドリンクを喉に流し込んだ。ろくに食べていない空っぽの胃に、プロテインドリンクは異物としてつかえる。

スマホを取り出して時間を確認した。午前一時半を過ぎたところ。つい指が勝手に動いて、Yとのやりとりに使っていたメールアドレスを確認してしまう。新着一件とあってはっとするが、もちろん無用な宣伝メールだ。

それを削除して、最後に受信したYからのメールを開く。『もうじき到着します。いつもの場所に向かいます』。簡素なそのメールの日付はどんどん過去になっていく。新しいメールが届くことはない。


毎回、Yと別れる際に必ず渡すものがあった。

「はい、これ。眠眠打破とブラックガム」

眠気覚ましのカフェイン飲料と辛口ミントガムをバッグから出して渡す。待ち合わせの場所に向かう途中でコンビニに寄って購入するのが習慣になっていた。

「いつもすみません」

Yは恐縮したようすで受け取る。

「途中で眠くなったらコンビニとかサービスエリアの駐車場で休憩してね。居眠り運転はやめてね」

おせっかいでお母さんみたいだなと羞じながら、毎回同じことを言わずにはいられなかった。

だが最後に会ったその日は、出かける支度をしていたら忘れものをした和樹が帰ってきたため、家を出るのが遅れてコンビニに寄る時間がなかった。別れるとき、すぐそばのコンビニで買って渡そうかと一瞬考えたがそうはせず、「またね」と手を振り、駐車場へ向かう彼を見送った。

Yが私の渡す眠気覚ましアイテムを毎回使ってくれていたかどうかはわからない。それでも何十回も何百回も同じ後悔が頭をよぎり、息ができないほど胸が苦しくて嗚咽が洩れる。

ジムに通う時間を深夜に変えて、そろそろ一ヶ月が経とうとしていた。

夜、ごく普通に歯を磨いてベッドに入る。クイーンサイズのベッドにはすでに和樹が横になっている日が多い。私は惰性で続けているゲームアプリを弄ったりSNSを開いたり、枕もとに置いてある本をぱらぱらとめくったりするが、スマホも本もじっくり向きあう気になれない。それらをベッドの端に押しのけて枕に顔を埋める。涙がつうっと流れた。音を立てて鼻をすすると、本を読んでいた和樹が顔をこちらに向ける。

「どうした?」

「なんでもない。……なんかかなしくて」

「よしよし」

和樹は本から顔を上げないまま私の頭を撫でる。

このひとを傷つけずに終わらせることができてよかった。そう安堵するいっぽうで、自分が罰を受けずに過ごしている居心地の悪さがあった。

やがてとなりから寝息が聞こえてくる。和樹は眠りが深く、いちど眠ったら朝までめったなことでは目覚めない。私は音を立てずにベッドから出ると、スポーツウェアに着替え、マスクをし、ジム用バッグを持って家を出る。寝静まった住宅街を歩いて、近所にある二十四時間営業のスポーツジムへと向かう。

Yと別れて帰宅して、和樹と二度めの夕食を摂り、そろそろ寝ようかというタイミングでいつもメールが届いた。

『いま帰宅しました。今日はありがとうございました』

だがその日は日付が変わるころになってもメールは来なかった。疲れていて帰ってすぐに寝たのだろう。そう考えて眠りについた。

翌日になってもメールは届いていなかった。

『きのうはお疲れさま。無事帰れましたか？』

こちらから送ってみる。二日経ち、三日経ち、追加で何通か送信したが返事は来ない。嫌われるようなことをしただろうかと自分の言動を点検し、彼の反応を振り返ってみるものの、思い当たるふしはなかった。胸騒ぎは刻一刻と大きくなっていく。

一週間が過ぎ、意を決して地方紙のニュースサイトを開いた。ずらりと並ぶ日々の感染者数を伝える見出しのあいまをチェックしてさがしたが、それらしいものは見つからなかった。

私の思い過ごしらしい、と安堵してサイトを閉じる。念のため、Yの居住地と交通事故の二語を入力してGoogleでニュース検索した。地元テレビ局が発信したニュースが一件、引っかかった。

大型トレーラーに衝突　乗用車の四十歳男性が死亡　××県××市

三日午後十時二十分ごろ、××市の××自動車道下り線で大型トレーラーに乗用車が正面衝突し、乗用車を運転していた××町の須藤祐市《すどうゆういち》さん四十歳が病院に運ばれ、その後、死亡が確認されました。
トレーラーを運転していた男性は右腕などに怪我をしているとみられ、病院に運ばれ、治療を受けていますが、意識はあるということです。現場は見通しのよいゆるやかなカーブで、警察は須藤さんの車が対向車線にはみ出したとして、事故の原因を詳しく調べています。

もしも眠気覚ましドリンクを買って渡していれば、いや、そもそも私と出会わなければ、あのとき魔が差してメールを送らなかったら――。
胃はろくに食べものを受けつけず、ふとした瞬間に涙があふれ、細切れにしか眠れず、最低限の仕事をこなすので精いっぱいだ。日中は穴ぐらの巣でじっと痛みに耐える手負いの獣のように過ごし、深夜を迎えるたびジムへ行く。教会に駆け込んで祈りを捧げ懺悔《ざんげ》するように、バーベルやダンベルやマシンにすがって救いを求める。体力が落ちて扱える重量は減り、頻繁に目眩《めまい》やふらつきに襲われるが、筋肉をきしませて重たいものを持ち上げる一瞬だけは胸の重荷を手放すことができた。

いったんはバッグを肩にかけて出口に向かった。しかしまだ追い込みが足りない気がして、フリーウエイトのエリアに戻る。パワーラックの高さを調節し、プレートを左右に装着した。

肩に担いで足を肩幅よりやや広く開き、膝を曲げて腰を下ろしていく。最初にやったバーベルスクワットだ。

十五回を過ぎてもそのまま続ける。ふいに激しい目眩がして床が大きく波打った。全身から力が抜け、視界が白く染まる。バーベルが床に落ちる大きな音と地響きのような振動を遠くに感じた。

「だいじょうぶですか」

いとしい声に呼ばれて目蓋《まぶた》を上げると、Yがしゃがんでこちらを覗き込んでいた。

「……だいじょうぶじゃない。ばかみたいにあっさり死んじゃって」

そう返すといつもの困り顔になる。

「ごめんなさい。居眠りしちゃいました。毎回心配してくれていたのに」

「まったくだよ。心配してたとおりになっちゃった。かなしいし悔しい」

しばらく見つめあう。

「須藤って本名だったんだね、てっきり偽名だと思ってた。私は河合って名乗ってたけど、嘘だからてっきりそっちもそうだと」

「河合さんじゃなかったんですか」

「うん。で、下の名前は祐市さんっていうんだね」

「そうなんです」

「もっと知りたかったよ、いろんなこと」

「ごめんなさい」

また意識が途切れ、つぎに目蓋を上げたときには窓の外は明るくなっていた。相変わらず耳に馴染んでいるが曲名すら知らない曲が流れ続けている。

床に転がっているバーベルを苦労して持ち上げ、プレートを外してラックに戻した。除菌シートでバーを拭き清め、今度こそ帰ることにする。

シューズを履き替えて出ようとするとドアが開いて、見知らぬ若い男性が入ってきた。

「おはようございます」

軽い会釈とともに声をかけられて、私も「おはようございます」と返す。

空調の効いた建物から出た私を、初夏の早朝の日差しが射貫《いぬ》いた。いまの私には眩しすぎる。でもいつかは深夜に通うのをやめ、明るい時間帯にここに来るようになるのだろうか。

手をかざして白く輝く太陽を見上げた。

保健室の白いカーテン

帰り支度をしているミネさんの鞄から、見憶えのある紙箱がぽろりと落ちた。

「あ、小児用バファリン。懐かしい。って待って、ミネさんお子さんいるの？」

「いや、これは明日ワクチン打つから副反応に備えて。アセトアミノフェンの薬、ほかは全部売り切れててさ。店員に聞いたら小児用を九錠飲めばいいって言われたんで」

「ほんのり甘くておいしーよね、これ」

「そうなの？　飲んだことないな」

道具とコスチュームをキャリーバッグに片付け、忘れものがないか確認してマスクをつけた。

「じゃあ行きますか」

そう促して玄関へ向かう。ミネさんが自動精算機を操作すると解錠された。エレベーターに乗り、外に出る。

「今日はありがとう。久しぶりに呼んでくれて嬉しかった。つぎはこんなに待たせないでね」

「ワクチン打ったらもっと気楽に遊べるだろうから、次回は近いうちに」

数秒、間があいた。濃厚接触。感染経路。そんな言葉がふたりの頭に同時に浮かんだことが伝わってきたが、気まずくなるだけなので口には出さない。

「またね」

手を振って別れると、裏の通りに停まっているミニバンに乗り込んだ。後部座席に腰を下ろし、はあ、と息を吐く。表情筋が弛緩し、笑顔から無表情に変わったのがミラーを見なくてもわかる。

「ああ、手のひらがひりひりする」わずかに赤く染まった手をぶんぶんと振った。

「スパンキング好きのお客さんでしたっけ？」運転手の桐山《きりやま》さんがルームミラーごしにちらりと私を見る。

「そうそう。教師かOLコスチュームで九十分ひたすらスパンキング。射精はなし。ずっと平手打ちだとしんどいから、パドルとか道具も使うけど」

窓の外を見た。金曜の夕方の繁華街だというのに人出はまばらだ。スマートフォンで時間を確認する。陽が暮れるのが少し早くなった。

「仕事慣れました？　そろそろ三ヶ月ぐらい？」顔を上げてまた運転席に話しかけた。

「いや、九ヶ月ちょっと経ちましたね」と桐山さん。

「そんなに？　時間の流れって早いなあ。最初はがちがちに緊張してて、このひとだいじょうぶかなって思ったけど」

「すみません。働くの、ブランクがあったんで」

「何年引きこもってたんでしたっけ？」

「五年と四ヶ月です」

「私がこの店に勤めてる年数とほぼ同じぐらいだなあ。ぼんやりしてるとあっというまに経っちゃいますよね、五年ぐらい」

「そうですね」

ふいにこめかみに不穏な気配を感じた。金平糖みたいなとげとげが皮膚の奥に埋まっている感覚がある。バッグからポーチを出して中身を確認した。イブプロフェンの錠剤が残り二錠。今日はこのあとふたり予約が入っている。

「ドラッグストア寄ってください」

指でこめかみを軽く揉みながら前に声をかける。

ミネさんの話を聞いていたので品切れだったらどうしようと気がかりだったが、売り場には普段どおりの商品が並んでいて安堵した。

いったん小児用バファリンを手に取って、棚に戻す。わずかに甘くて舌の上で溶けるかわいらしいオレンジピンクのちいさな錠剤を、小学生の私はチョコレートよりも愛していた。

母は体調不良に理解がない人間だったが、「薬に頼ってはいけない」という考えの持ち主でなかったことは、いま思うと幸運だった。三錠からはじまり、高学年になるころには六錠に増えた。さらに九錠まで増えたところで小児用を卒業し、大人用の薬を飲むようになった。

いままでいったい何十錠の痛み止めを飲んできただろう。いや、百錠は軽く超えるか。バファリン、ナロンエース、イブ、リングルアイビー、ロキソニン、ボルタレン、ゾーミッグ、マクサルト。ドラッグストアで買えるもの、病院で処方されるもの。

やや高いが即効性を謳《うた》っているものを購入する。店の外に出てから箱を開けて二錠出し、お客さんにもらったペットボトルのミネラルウォーターで喉の奥に流し込んだ。

車に乗り、ビルの一室にある事務所に戻った。疫病騒ぎが私に与えてくれた数少ない恩恵は、待機所が大部屋から個室に変わったことだ。とはいえもとの部屋をパーティションで区切って座椅子と折りたたみテーブルとタブレット端末を置いただけで、個室と呼んでいいものかどうか。座椅子を倒し、アイマスクをつける。つぎの予約まで仮眠するつもりだったのに、電話で話す声がとなりのブースから聞こえてくる。

「わかってる。来月バースデーイベントだもんね。シャンパン期待してて。いい色のドンペリ入れるから。売り掛け？　月末にはぜったい払うから心配しないで」

以前、ホスト通いを掲示板に暴露されたと激怒して犯人さがしをしていたが、これでは自分から言いふらしているようなものだ。

電話が終わってようやく静かになったと思ったら、そのさらに横のブースから声が飛ぶ。

「やめなよー、ホストなんか。貢《みつ》ぐなら投資！　男は裏切るけどお金は裏切らない！」

「えー、私の知り合い、仮想通貨で失敗してましたよう。お金も裏切りますって。椿《つばき》さんはどっちを信じます？　男と投資」

急にこっちに会話の矢がぎゅんと向かってきた。

「うーん、私はどっちも疎《うと》くって」

「そうは言っても椿ちゃん、貢いでる男がいるんだよね？」

「いや、でも、ホストとかじゃないんで」

「意外～。椿さんってそういうタイプじゃないと思ってました。鬼出勤とかしないし、男に狂うところなんて想像つかないし」

「いや、だから彼氏でもヒモでもないただの腐れ縁で、貢ぐってほどの額でもないから」

「ただの腐れ縁にお金渡してるほうがヤバくないっすか？」

もうこの話題は勘弁してほしいと思っていると、「いい加減うるさーい」といままで静かだった方向から声が飛んだ。最古参の翡翠《ひすい》さんだ。一瞬で室内はしんとする。

それにしても金曜の夜にこんなに待機している女の子がいるなんて、この店もいよいよ駄目なんじゃないか。

正午近くに目覚め、頭を枕から持ち上げようとした瞬間、重く鈍い痛みが走った。うう、と唸《うな》り、手を伸ばしてカーテンを薄く開ける。ぎらぎらと容赦のない陽射しが差し込んで、あわててカーテンを戻して薄い夏がけの布団をかぶった。

気圧の変化で体調不良を予測できるアプリがある、とお店の女の子に教えてもらったときは、自分でも驚くほど嬉しい気持ちになった。そんな便利なものがあるなんて、よりも、仲間がたくさんいたんだ、という喜び。だがインストールしてすぐに失望することになった。アプリが教えてくれる「要注意の日」ほど体調が安定していて、ノーマークの日に限ってベッドから出られない。ここでも私は想定の枠に入っていない、と暗くなった。

夏は猛暑と陽射しにやられて寝込み、秋は気候の急激な変化と秋晴れの高気圧に体調を崩し、冬は冷え性が悪化し日照時間の短さで塞ぎ込み、春はそわそわして情緒のアップダウンが激しくなる。つまり一年じゅういつでも調子を崩している。

今日はまだ予約が一件も入っていないはずだ。最近また感染者数がぶり返しているせいか、それとも私の人気の問題か。

充電器に繋がっているスマホを取って店に電話を入れ、休みたい旨《むね》を伝える。なんとかベッドから這い出して痛み止めを飲み、またベッドに戻った。

薬が効くのを待ちながらとろとろと眠りと目覚めの狭間を漂っていると、小学校の保健室のベッドを思い出す。四方を白いカーテンに囲まれた空間で白いシーツに寝ていて、見上げた天井まで白くて、一瞬自分がどこにいるのかわからなくなるあの感覚。校庭から聞こえる喚声、授業をしている先生の声、廊下から届く給食のなまあたたかいにおい。ああ、ここは学校だ。頭が重くて目眩《めまい》がして保健室で寝ていたんだ。チャイムが鳴る。何時間目の授業が終わったんだろう。みんな休み時間はなにをして遊ぶんだろう。置いて行かれてしまう、という焦りは清潔なシーツの心地よさでうやむやになる。

ふいにカーテンが開き、保健室の先生が顔を覗かせる。

「白河《しらかわ》さん、まだ顔色悪いわね。もうしばらく寝てる？　それとも早退する？」

体調はもう戻ったのかまだ悪いままなのか、ベッドに横になっている状態では判断できない。

「つぎの授業が終わるまでここにいます」

私はずっと、あの保健室のベッドで寝ているような気がしている。後ろめたさや焦りをまどろみの心地よさでごまかして、何十年も経ってしまった。

ひと眠りして午後三時過ぎに起きると、薬が効いたのか頭痛はほぼ消えていた。空腹を感じ、冷凍庫のご飯を温めて食べようか、冷蔵庫になにが入っていたっけ、と考えていると、枕もとのスマホにメッセージが届いていることに気付く。母からだ。「今夜の店はここで」とあり、飲食店情報サイトのアドレスが添付されている。

母と食事の約束をしていたことを思い出し、一気に食欲がなくなった。日を改めてもらおうかと迷ったが、そうしたところで気が重い日々が延びるだけだ。

じっくり半身浴をして全身の倦怠感を抜き、出かける支度をする。メイクを終えて鏡を覗き込んだ。ちゃんと昼職の女性に見えるだろうか。仕事時の付け睫毛や太く跳ね上がったアイラインや赤いリップを省いたナチュラルメイクの顔は、頼りなく自信なげだ。

母が指定したのはステーキハウスだった。チェーンの大衆店ではなく、地名のついた和牛を目の前の鉄板でシェフが焼いてくれるタイプの店。十分ほど遅れて到着すると、すでに母は赤ワインを飲みはじめていた。

「千花《ちか》、お酒は？」

ひさびさに本名を呼ばれた気がする。

「いま飲むと頭痛が起こりそうだから、いらないかな」

「相変わらずひ弱なの？　そんなんで仕事はこなせてる？」

「最近はリモートの日も増えたから、自由が利いてだいぶ楽になったかな」

ここを突っ込まれるとぼろが出るので冷や汗が滲《にじ》んだが、母はあっさり納得したようだった。いまはＩＴ系の企業に勤めていると説明してある。母には遠い業界だから深い質問はしてこないだろうというもくろみだ。

「そうね。私はリモートってどうかと思うけど。対面じゃないと汲み取れない細かなニュアンスってあるでしょう？　同じ内容であってもメールの文面と会って直接聞く場合とでは、まったく意味合いが変わることもあるし。やっぱりひとつの空間を共有して同じ空気を吸うことで生まれる熱こそが仕事の醍醐味だと思うの。こういうことを言うと若い子には老害だって呆れられるでしょうけど、でもね」

そこからしばらく母の仕事論が続き、私はひたすらほどよい頻度で頷《うなず》きながらシェフが肉を焼くようすを眺めていた。母は化粧品メーカーの契約社員の販売員からスタートして正社員になり、役員まで上りつめた。勤労経験のない専業主婦がシングルマザーになり、ひとり娘を育てるためがむしゃらに働いた苦労話は母の持ちネタのようなものだ。

「来年はとうとう定年。でも嘱託扱いで職場には残れるの。お給与はかなり減るけど。あ、いまから言っておくけど、赤いちゃんちゃんこはぜったいに用意しないでよ」

「はいはい、わかってます。……赤いニットは？」

「発色のいいきれいな赤にしてね。くすんだ色だと老けて見えるから」

白髪を活かしたショートカットは後ろに撫でつけるようにきれいにセットされていて、カシミアとおぼしきニットにカジュアルなコットンパールのネックレスを合わせている。Vネックから覗くデコルテは皺やしみはあるもののつややかだ。フォークとナイフを使っているときも背すじがすっと伸びている。加齢で顔立ちはぼやけてきたけれど、宝塚の男役に間違われたという若いころの面影はしっかり残っていた。

　私はほんとうにこのひとの娘なんだろうか、とぼんやり思う。このりりしさが少しでも遺伝すれば、いまの店でもっと指名をもらえたかもしれない。いや、そもそも頑丈な体質が似ていればもっと違う生活を送っていただろう。

「私は頭痛どころか二日酔いにすらなったことがないのに。だれに似たのやら」

　沈黙が降りる。だれに似たのかというのは、言うまでもないことだった。

「お肉、百五十グラムで足りる？」

　ふたりの頭に浮かんだ人物を打ち消すように、母が話を変えた。母のステーキは倍の三百グラムである。

「充分。最近、脂《あぶら》の強いものは胃にもたれるようになっちゃって」

「まだそんな年齢じゃないでしょう。私は鮑《あわび》も頼もうかしら」

　母は店員を呼びとめてメニューを持ってこさせ、熱心に見はじめた。

　結局母は鮑のほかに伊勢海老と帆立とガーリックライスまで注文し、数杯のワインとともに完食した。食事を終えて外に出る。タクシーを呼び止めた母が、乗り込む前に振り返って私の肩にぽんと手を置いた。

「いろいろやっかいな時代だけどね。腐らず怠けず、明るいほうへ歩いて行きなさいよ」

　ぎこちなく頷きを返す。

「善いおこないも悪いおこないも、ちゃんとおてんとさまが見てるからね」

むかしからの母の口癖だ。目眩や頭痛を引き起こす災いのもとであるおてんとさまに、つねに監視されているなんて。多くのひとが心地よい晴れ空だと感じる天候の日に限って、子どものころから体調が悪い私には、呪いも同然の言葉だった。

母を乗せたタクシーが見えなくなると、一気に両肩と首すじに張りを感じ、こめかみの奥がじわりと痛んだ。

緊急事態宣言が長期戦になって緊迫感が薄れてきたせいか、我慢の限界が来るタイミングなのか、しばらく遠ざかっていた常連のお客さんが立て続けに戻ってきた。タケくんはうちの店の客では珍しく二十代と若く、しかも新婚である。だが、持参したふりふりのコスチュームを着てメイドになりきって、先輩メイドや女主人にやさしくねちっこく叱責されながら愛撫されないと、性的に満足できない。「奥さんにカミングアウトしてみたら? あんがいノリノリでやってくれるかもよ」と提案してみたことがあるが、そんなことはとても言えませんと苦笑いで返された。ひとに言えない秘密を共有してつかのまの親密さを堪能するのは、嫌いではなかった。「普通」では満たされない。程度の差こそあれ、うちの店を利用するのはそんなタイプだ。だれもがいびつで偏っている、そのことが私を不思議と安心させてくれる。

しかしその日は親密さを堪能するところまで行けなかった。責めているうちにタケくんの全身から脂汗が噴き出し、肌がひんやりとつめたくなっていく。

「……ごめんなさい。無理そうです」

「どうしたの？　体調悪いの？」

「貧血っぽいです。たぶんここ数日忙しくてろくに眠れていないせいかと。コロナ疑いとかじゃないんで安心してください」

「そんな状況だったら、無理しないでキャンセルしてもよかったのに」

「ぎりぎりまで迷ったんですけど、椿さんに会いたい気分だったんで」

「ありがと。ベッドにおいで。マッサージしてあげる」

皺になるからメイド服は脱がせ、うつ伏せに寝かせる。首や肩をさするように揉んでいく。

「テレビ、見てもいいですか？」

「どうぞ」

タケくんはリモコンでテレビをつけ、チャンネルをつぎつぎに変えた。夕方のニュース番組で手を止める。本日の感染者数と新たに発生したクラスターを伝えるニュースをふたりで眺める。それが終わると、ワクチンの接種状況と副反応に関するニュース。そのつぎはコロナ禍で厳しい夜の仕事から昼の仕事への転職を支援する会社の話題になった。自身も元キャバクラ勤務だという若い女性の社員が、転職相談に応じるすがたに密着している。

どうしてみんな、おてんとさまのもとに引っ張り出そうとするのだろう。じめじめした場所の石の下が生息環境の、おてんとさまの眩《まばゆ》いひかりを浴びると寝込んでしまう存在を認めてくれないのだろう。

タケくんが振り向いて私の顔を見る。

「……椿さんも機会があれば昼職に移りたいと思ってます？」

「うーん、私はこのままでいいかな」

「そうですか？」

「天職だと思ってるから」

本音が二割、リップサービスが八割。タケくんはぱっと嬉しそうな顔になった。みずからの性的嗜好を満たすため、趣味と実益を兼ねてこの仕事をしているはずと夢を見たいお客さんは多い。特殊性癖どころか性欲じたいほとんどないと知ったら、さぞかしがっかりされるだろう。

うちの店の女性向け求人では「お客さまが完全に受け身となりますので、責められることはいっさいありません。脱がない・舐められない・触《ふ》れられないが基本のため、肉体に負担をかけずにお仕事できます」と書かれている。それが客に向けた文面では「当店に在籍しているのは責め好きな痴女やS女ばかり。いやらしい女性にじっくりねっとり責められてみませんか？」になる、そういう世界だ。

私がこの店に来たのも、あるときから皮膚が過敏になって触れられるのがひどく苦痛になり、しまいには帯状疱疹《たいじょうほうしん》まで出て、痛みで日常生活に支障をきたすようになったのがきっかけだ。当時勤めていた店の店長に相談したところ、系列店にこういう店があるから移ってはどうかと勧められたのだ。ただ、「肉体に負担をかけずにお仕事できます」はさすがに嘘だけれど。

「そういえば翡翠さん、お店辞めて独立されるらしいですね」

「翡翠さんにも会ってるんだ？」

「先日、椿さんがお休みだったときに」

最古参の翡翠さんは独立してフリーランスのセックスワーカーとしてやっていくため、準備を進めている最中だ。彼女こそ、消去法や流されるままにではなく、天職として向きあっている。ついている客層の濃さも私とは比べものにならない。

「いまの店だとやりたくないプレイをしたり、逆にやりたいことができなかったり、制限があるのが不自由に感じるみたい。指名なしのお客さんをまわされるのも苦手で、自分に会いたいっていうお客さんだけを相手にじっくりやりたいんだって。引退後の計画もいろいろあるらしくて」

──この職業があってほんとうによかった。私、かなり社会不適合者で苦手なことだらけだけど、これだけは自信があるし道を究《きわ》めたいの。

いつだったか彼女はそう言っていた。

「椿さんはどうですか。そういうこと、考えてたりします？」

「うーん。どうだろ。さきのことを考えるのって苦手で」

自分の納税状況がどうなっているのか把握できていないし、国民年金も払ったり払わなかったり。アフターコロナを見据えてどうこうとか、ニューノーマル時代の働き方とかめまぐるしく変わる世間についていけそうにない。

将来のことを考えなければ、と思うたび、白いカーテンが私を囲む。保健室のベッドのまわりのカーテン。いくばくかの焦りは倦怠感とまどろみに取り込まれてうやむやになる。


送迎はまた桐山さんだった。中途半端に伸びていた髪を切ってさっぱりした外見になっている。あまり巧《うま》くない床屋で切ったのか、さっぱりしすぎな気もする。

「立ち入ったこと聞いてもいい？」

信号で停車したタイミングで話しかけた。

「どうぞ」

「なんで引きこもってたの？」

「あー……。前に勤めていた会社を辞めたあと、ぼろぼろになってしまいまして。しばらく充電期間を取ろうと思ったんですけど、休んでいるうちに働くのが怖くなって、そのうち外に出るのも駄目になって」

「どうしてぼろぼろになったの？」

「単純に言うとパワハラですね。僕、就職氷河期なんですけど、新卒で入ったのは激務の飲食関係で。そこはからだ壊して辞めて、つぎはパチンコチェーンの会社で。怒りの導火線が短いワンマン社長に振りまわされる職場で、今度はメンタル壊して。転職を繰り返すたびにどんどん条件が悪くなってブラック度が増して、引きこもる直前にいた職場は五時間ぶっとおしで説教されたり普通に殴られたり逆に完全に無視されたりするところでした」

「えー、なにを売ってる会社？」

「テレアポで詐欺みたいな商材を売りつけるっていう会社でしたね。十年遅く生まれていれば違う人生だったのになあって思います。売り手市場とか働き方改革とか、かなり時代が変わったので。もちろん同世代でもうまくやってるひともいっぱいいますけど。もっとストレス耐性があれば最初の会社で粘っていまごろ偉くなってたり、もっと上の会社に転職したりできたのかなあって考えます」

「氷河期世代って何歳ぐらい？」

「僕は四十三ですね」

「そんなにトシ行ってるんだ」

　身を乗り出し、運転している桐山さんを後ろからまじまじと見る。確かに髪には白髪が目立つ。ハンドルを握る手は張りがなくて皺っぽい。

「引きこもっていたあいだは経験がすっぽり抜けてますからね。同世代が経験している結婚や子育てをスルーしてますし。若いというよりは幼いんでしょう」

「同い年ぐらいかと思ってた」

「いや、それはさすがに無理が……。二十代には見えないでしょう」

「ちょっと待って、桐山さん私のこと二十代だと思ってるの？」

「プロフィールに二十五歳ってあるので、二十八か二十九ぐらいかと」

それを聞いてぷっと噴き出し、苦笑いした。

「十歳サバ読んでるから。今年で三十五歳」

「へえ。見えないです。この仕事をされている女性って、肉体的にハードだし特殊なストレスがかかるし、実年齢以上に老け込んでるひともいるじゃないですか。でも椿さんは実年齢より若く見えますすね」

「若いんじゃなくて幼いんだよ、私も。……それで、どうして脱引きこもりできたの？」

「親が脳梗塞で倒れたんです。発見が早かったのでほとんど後遺症も残らずに済んだんですけど、さすがにこのままじゃ駄目だと焦りまして。引きこもってるあいだも運転は好きで、深夜に高速を飛ばしたりしてたんで、運転手の仕事ならリハビリにいいかもって思ったんです」

「リハビリ？」

「そうですね。最近は空いてる時間にハロワに通っています。まだ求人情報をチェックするだけで、面接までは行けてませんけど」

リハビリ。私は物心ついたときから長いリハビリをずっとしている気がする。この社会と歩幅を合わせるためのリハビリ。それはいつ終わるのだろう。

休日、部屋のベッドでだらだらと過ごしながら、そろそろ連絡が来るころかもしれないと思い出した瞬間、スマホが鳴ってショートメッセージが届いた。予知したかのようなタイミングに苦笑する。いまどきショートメッセージを送ってくるのはあからさまな詐欺かその男ぐらいなものだ。

『元気にしていますか。こっちは最近、もやし活用レシピに凝っています。きのうのもやしとツナの和風パスタはおいしくできました』

お金に困っていると直接告げられるのと、もやしがどうこうと間接的にアピールされるの、どっちがまだ癪《しゃく》に障《さわ》らないのだろう。

無視してしまおうか。しばらく迷ったが、知らないうちに死なれたりしたら夢見が悪い。

『明日の午前中なら空いています。前と同じ店でいいですか？』と送る。

『いつもすいません。午前中は起きられる自信がないから午後にしてもらっていいですか。日中は暑くて出歩きたくないので、できれば夕方に』

私みたいな思考回路だ、と思ったら眉間に皺が寄った。

アディダスの偽物のトラックジャケット（三本線ではなく二本線）に、色が落ちて膝に穴が空いた意図したわけではないダメージジーンズを穿き、そんな服装に不釣り合いなうえに季節外れの別珍のハットをかぶって、その男は待ち合わせのファストフード店に来た。待ち合わせ時刻を午後五時にずらしたにもかかわらず三十分近い遅刻をして。

母と同い年だから今年還暦のはずだ。小学生時代、月に一回面会していたときの若々しいすがたが印象に残っているので老けたと会うたびに思うが、一般の六十歳と比べて若いか老けているかはよくわからない。ただ、年々なにもかもがちぐはぐになっていっているのは確かだ。

「さきに渡しておくね。忘れるといけないから」

バッグから百均で購入した花柄の封筒を出して、テーブルにすっと置く。いかにもな茶封筒や銀行の封筒は抵抗があった。中身は三万円。

「恐れ入ります」

両手を合わせて拝むふりをして、上目遣いでちらりと私の顔を見る。その表情の卑しさに思わず視線を外した。前はこんな表情はしなかった。

母は私が父と定期的に会っているとは夢にも思わないだろう。最後に会ったのは二十年以上も前の子ども時代、つぎに会うのは葬儀のとき。そう信じているはずだ。

「最近はどうですか?」とくに知りたくもないが、訊いてみた。

「最近? メールに書いたけどもやし料理の研究をしてる。千花はもやしのひげっていつも取ってるか?」

「取ってない」

「俺もどうでもいいと思ってたけど、もやしのひげ、取ると取らないとじゃもやし炒めがぜんっぜん違うのよ。ひげと、あとできれば芽の部分も取って冷水につけてぱりっとさせてから水を切って炒める、これだけでもやし炒めがご馳走になるの!」

近況を訊ねられて、もやしのひげの話。わざとずれた返事をしている。核心を避けて生きていきたい、そんな父の気持ちがよくわかる自分が情けない。しかし、同時にぬるま湯のような居心地のよさを感じているのも事実だ。

「千花はどうだ?」

「先週、お母さんとステーキ食べたよ」

「相変わらず肉食か。俺は最近はめったに肉は食わないな。金がないだけじゃなくて胃腸がなあ」

「私も少ししか食べられなかった。胃が重たくなっちゃって」

「牛肉は食べないほうが環境にはやさしいんだろ? ほら、牛のげっぷが地球温暖化に繋がるんだって？　ステーキ好きのお母さんよりも俺たちのほうが高尚で最先端の人間かもしれないぞ。エスディーなんとかって最近流行ってるんだろ」

「ＳＤＧｓね」

「そう。それだ。あ、もやし炒めは花椒《ホアジャオ》があるといいぞ。油で熱して香りを立たせてからもやしを入れるんだ」

「味つけは？」

「塩と胡椒のみ。シンプルがいちばん」

結局もやしの話に終始して、じゃあそろそろ、とどちらともなく言い出して解散した。

父は十五年ほどヒモのようなことをしていたが、その女性に大腸がんが見つかり、これ以上養えないからと追い出されたらしい。「放流されたんだ」と父は以前へらへらしながら語っていた。いままでの恩返しとして闘病を支えますという方向に行かないのが、この男のこの男たるゆえんだろう。

もう路上で暮らすしかないと覚悟を決めた瞬間、「ほっとけない」と物好きな女性が寄ってきて蜘蛛の糸を垂らす。その繰り返しで六十歳まで生き延びた。さすがに大腸がんの女性と別れたあとは、運が尽きたのか年齢が行き過ぎたのか、世話を焼いてくれる女性はあらわれず、娘に小遣いをせびるしかないようだ。

帰りにいつもは利用しない路線の電車に乗ると、ちょうど会社帰りの人びとであふれていた。このひとたちはみんな朝からこの時間まで会社で仕事をして、へたり込むこともなくつり革を摑んで電車の揺れに耐えているんだと思うと、圧倒的な敗北感に包まれた。

短大を卒業して信用金庫に勤めていたのは十年ちょっと前のことだけど、あまりにも遠いむかしに感じる。

毎朝決まった時間に起床して身支度を整えて満員電車に乗って、朝八時までには出勤する。昼の休憩以外はいくら怠《だる》くても仮眠を取るわけにいかず、午後六時すぎまで働き続ける。それを月から金曜まで繰り返す。

一般職だったので総合職の職員よりは早く帰れていたし、基本的に土日祝は休めていた。計算が合わない日やゴトウ日は遅くまで残業することもあったけど、勤務時間の面ではかなり恵まれていたほうだと思う。理想の勤務形態だと羨ましがられることも多かった。

それでも私には困難だった。

二年弱でまったくからだが動かなくなって辞めた。半年ほどなにもせず、貯金が尽きてやむなく生活のための繋ぎとして風俗で働きはじめた。

ベテラン中心のいまの店とは違い、最初の店は若い子が多かった。雨が降ってるから、なんとなく気分が乗らないから、そんな理由であっさり当日欠勤する子が何人もいて、「そんなんじゃ一般社会じゃやっていけねえぞ」と店長に怒られても彼女たちはへらへら笑っていた。

こんなところにいっぱいいたんだ、と腑に落ちた。ずっと不思議だったのだ。自分みたいなタイプはどこにいるのか。学校の朝礼のたびに貧血を起こして倒れていた子や、一日六時間の授業に耐えられず保健室で寝ていた子たちは、社会でどうやって生活しているのか。その一部は、世間からは見えづらい遮光カーテンの奥に生息していたのだ。

時代が時代なら、両家の計らいにより結婚して家庭の主婦に収まって、「病弱でずっと床《とこ》についている母」として子どもに寂しい思いをさせつつ暮らしていけたのかもしれない。家事は女中に、子育ては乳母に、夫の世話は愛人に。もちろんそんなことが許されたのはごく一部の富裕層だけで、病弱なのに朝から晩まで農作業と家の仕事でこき使われて早死にした女性がむかしはたくさんいたのだろう。

いまは週に三回程度、昼過ぎに出勤して、遅い時間を指定してくる指名客がいない限りは午後七時か八時ぐらいには退勤している。体調や気分がすぐれない時期は出勤を減らし、元気なときは多めに出て、生活が成り立つ程度に稼ぐようにしている。物欲は乏しいほうだし、趣味らしい趣味はないし、人づきあいも皆無に等しい。旅行やらデートやらに出かけるよりは寝ていたい。家賃や光熱費や食費など生きていくのに必要なお金があればそれでいい。父に渡すお金だって三万円までと決めている。

父のことを思い出し、胸に暗い影が差した。いまは仕事をしているのだろうか。福祉に頼ることを考えてもらうべきだろうか。

働かない夫に早々に見切りをつけ、娘と自分の生活のためにがむしゃらに働いてきた母が、こうして娘が元夫にときおりお金を渡していることを知ったら、ひどく傷つくだろう。こんな腐れ縁は断ち切って見捨てたっていいのだ。でもエネルギッシュな母には私や父みたいな人間のことは永遠に理解できないという、母に対する恨みに似た心情がずっとくすぶっていて、まるで復讐のように呼ばれればお金を渡し続けている。

むかしは父親というより愉快なお兄さんといった存在だった。仕事に追われて余裕がない母とは違い、ウクレレの弾きかたやスノーボールクッキーの焼きかた、火の熾《おこ》しかたなど、楽しいことをいろいろ教えてくれた。たまにしか会わないからよい面だけを見せられたというのはもちろんあるだろう。

思春期の半ばのある日、父はもう愉快なお兄さんではなく、覇気のない中年になっていることに気付いて愕然《がくぜん》とした。ひょうひょうとした雰囲気は生気が抜けたものになり、輝いていた瞳は暗く濁っている。変わったのは私なのか父なのかはわからない。ただ、さらに父は覇気のない老人へと進化しつつある。

目の前のシートが空いた。一日働いてきたみなさんに悪いと思いつつ、さっと座る。腰を下ろしたとたん、今日は父に会う以外はほとんどなにもしていないのに疲れていることに気付く。

がんのように深刻で明確な名前のある病気を患っているわけでも、先天的な病気を持っているわけでもない。しばらく健康診断は受けていないけれど、数値の上ではおおむね健康の範囲に収まるだろう。

ただエネルギーがひとより足りないのだ。体力も気力も地を這っている。これじゃいけないと、一時期ジムに通って体力をつけようとしたこともあった。しかし運動によってつく体力と日常生活に必要な体力は違うらしく、楽に走れる距離が伸びても普段の疲れやすさは変わらなかった。他人からはただの怠けものと見られるし、実際にそうなのかもしれない。

なんで生きていくのってこんなにめんどくさくて疲れるんだろう。寝て起きて食べて、それだけで許される生きものに来世では生まれ変わりたい。

駅から十五分の距離を歩き、帰宅したときには一刻も早くベッドに入りたくなっていた。狭い玄関の靴棚の上には、郵便受けから出してとりあえず置いておいた郵便物が山となっている。開封して整理しなければと思うが、もう何ヶ月も積み上げたままだ。鍵を置いた瞬間、袖がその山に触れ、郵便物が床に散らばった。

屈《かが》んで拾い上げる。いちばん上にあるのは日本年金機構からの封筒だ。「大切なお知らせです。今すぐ内容をご確認ください」と印刷されているが、いつ届いたものなのか。ため息を吐き、指で開封する。最後に支払ったのは数ヶ月前だと思っていた。しかし記録を見ると二年も前で、時間の流れるスピードと実感とのギャップに目眩がした。

自分が高齢になるときに年金制度がどうなっているかはわからないし、どうせ長生きはできないだろうから、といままでは開き直っていた。しかし、似た体質の父はいまのところ大病をせず、あんがい長生きしそうだ。

——とりあえず、これだけはなんとかしよう。

そう決めてバッグに封筒を入れた。

翌日、年金事務所を出た私の足取りは軽かった。払えるぶんは振込用紙を一枚にまとめてもらい、今後のぶんは口座振替の設定にしてもらった。さすがにコンビニで十万を超える額を納付したときは苦々しい気持ちになったが、すべきことをこなしたという爽快感があった。いままでは意識しないようにしていた民間の医療保険も検討してみようか。税務署に行って税金についての話を聞いてこようか。そんなことを考えながら仕事へ向かう。

事務所に着くと、さっそく指名なしのはじめてのお客さんをまわされた。送迎車に乗って指定のラブホテルへ向かう。運転手は桐山さんだった。

「仕事、決まりそうなんです」

桐山さんは車が走り出してすぐにそう言った。

「わあ、おめでとう。ぴっちりフルタイムの仕事？」

「フルタイムですけど、出社は週に一回か二回であとは在宅勤務でいいらしくて。社員のなかには田舎に引っ越して完全リモートで働いてるひともいるみたいで、急速に時代は変わってるなって思います」

「少し前までは考えられなかったよね」

「あさって社長面接なんで、それで駄目だったらまたイチからやり直しですけど」

「頑張って」

「ありがとうございます。椿さんにはお世話になりました」

「まだ早いよ。採用されるかわかんないのに」

ホテルに着いた。行ってきまーす、と運転席に声をかけて車を降りる。

採用が決定したら餞別とお祝いを兼ねてネクタイでも贈ろう。在宅中心なら必要ないだろうか。名刺入れのほうがいいだろうか。それはそれでいまどきあまり使わないのかもしれない。そもそもなんの会社でどういう職種なのか訊くのを忘れていたな。

そんなことを考えながらエレベーターに乗った。階数ボタンを押し、「閉」ボタンに指を伸ばした瞬間、若いカップルが乗り込んでくる。先客がいることに気付いて気まずそうな顔になるが、そのまま扉が閉まった。私はエレベーターの隅で存在感を消そうとする。しかし、女の子のほうがちらちらと振り返って無遠慮な視線を向けてきた。

「ひとりでこういうところ来るのって、普通のホテル代わりに使ってるのかな」

声を潜めて話しているつもりのようだが、完全に筒抜けだ。

「鈍いなお前。プロだよプロ」

小ばかにするような男の声。小ばかにしている対象は彼女なのか私なのか。

「あー、そっか」また視線。「感染、怖くないのかな。そういう仕事」

「濃厚接触?」と男が笑って彼女を抱き寄せる。

エレベーターが停まってドアが開いた。走って飛び出したいがぐっとこらえて前を向き、背すじを伸ばして歩く。指定された部屋の前で呼吸を整えてからチャイムを押した。はじめての客に対面する直前はいまでも緊張する。妙に長く感じる数秒を待っていると、ドアが開いた。マスクをした痩せた若い男が立っている。

「はじめまして、椿です。今日はお招きありがとうございます」

顔を覗き込んでにっこり挨拶するが、目を逸らされる。シャイで直視できないタイプはわりといるが、それとは違う印象でひっかかるものを感じた。

荷物を置いてソファに腰を下ろし、マスクを外す。「ここにどうぞ」と自分の横に彼を座らせた。

「ふふ、緊張してます? こういうことはあまりしないの?」

「あ、はい……。そうですね、あんまり……」

うつむいて黙ってしまった。

「まずは問診票を書いていただこうかな」

用紙とボールペンを手渡す。希望プレイ、NGプレイ、使われたいアイテム、呼ばれたい名前、有料オプションなどの記入項目が並んでいる。

男は背を丸め眉間に皺を寄せながら記入した。ボールペンの握りかたが独特だ。書き終わると無言で紙を突き出す。

「ありがとう。さきにお代金をいただきますね」

男は財布を後ろポケットから取り出した。くしゃくしゃの紙幣を受け取る。きれいな絵柄の封筒に入れて渡してくれるひともいるが、ごく一部の常連客だけだ。

「金額を確認させていただきますね。——確かに頂戴しました」

数えてビニールポーチにしまう。

「シャワーは浴びました?」

「いえ」

「じゃあ浴びてきていただけますか? そのあいだに準備をしますので」

男が洗面所に入った。問診票を読み、どういう内容にしようか考える。頭のなかでプレイの流れを組み立てながら、ふと気配を感じて顔を上げた。

虫? しかし見える範囲に動いているものはいない。違和感は消えないが、視線を問診票に戻す。またすぐに首の後ろあたりがぞわっとした。

幽霊? あり得ない話ではないけれど、ラブホテルでいちいち気にしていたら仕事にならない。

周囲を見渡す。ナイロンのショルダーバッグがテーブルに載っている。この部屋のテーブル、こんなにベッドに近い位置にあったっけ？

立ち上がってベッドのほうへ向かう。ベッドに腰をかけると、ショルダーバッグのわずかに開いた隙間から覗く赤いランプと目が合った。浴室からはシャワーの水音が聞こえている。

私はスマホを自分のバッグから出して電話をかけた。

「はい桐山です」

ホテルのそばに車を停めて待機している桐山さんがワンコールで電話に出た。

「盗撮です。三〇二号室。すぐに来て」声をひそめて言った。

「わかりました、いま行きます」

部屋の電話からフロントに電話をかけ、「トラブルがあってこれからひとが来るので、ドアを開けてもらえますか」と頼んだ。このホテルは自動的に鍵がかかり、精算機で支払いが済むまで解錠されないようになっている。電話を切るとすぐに玄関のほうから解錠の音が聞こえた。そちらに行き、ドアを開けて自分の靴を挟んでおく。

ベッドの頭側にあるタッチパネルを操作し、流れっぱなしのBGMを消して耳を澄ます。シャワーの音が止まった。浴室のドアが開く音。タオルを出してからだを拭いているであろう音。洗面所のドアが開き、ホテルのガウンを着た男のすがたが見えた。私がベッドに座っているのに気付いてさっと顔色を変える。シャワーを浴びてすぐにマスクをつけたのか、それともマスクをつけたままシャワーを浴びたのか、不織布のマスクがぐっしょり濡れている。

「お帰りなさい。……ちょっとこっちに来て。ここからそこのテーブル、見てくれる？」

男の動作は素早かった。一瞬でテーブルに移動してばっとショルダーバッグを摑み、胸に抱く。

「盗撮だよね？　禁止だってもちろん知ってるよね？　赤いランプがついてるもの、出してもらおうか」

なるべく低く落ち着いた声に聞こえるよう意識して告げた。

しばらくうつむいて硬直していた男は、観念したのかため息をひとつ吐くと、バッグのファスナーを開ける。

「カメラ？　スマホ？」私はとげとげしい声で訊ねた。

だが、取り出されたのはそのどちらでもなかった。ぎらりと白光りするものが振りかざされる。――包丁だ。そう気付いた瞬間、駆け出していた。洗面所からトイレに逃げ込み、ドアを閉めて鍵をかける。

明瞭な言葉になっていない獣じみた罵声とともにドアを蹴られる。振動がからだに響く。こんなちゃちなつくりのドア、すぐに壊されてしまう。なんでトイレに閉じこもったんだろう。玄関から逃げればよかった。震えが走り、トイレの床にへたり込む。

「失礼します」と遠くから声が聞こえた。桐山さんだ。来てくれた。ドアを蹴る男の動きが止まる。助かった、と顔を上げて息を吐いた瞬間、うわあああっと叫び声が響いた。そこに重なる男の奇声、そして桐山さんの声。やめろ、いてえやめてくれ、やめてください、いたいいたい。たすけて。ゆるしてください。

私は両耳を押さえて膝のあいだに頭を埋める。出て行って助けたほうがいい。なにか武器になるものは？ 洗面所にあるのはドライヤーぐらい？ アメニティのT字カミソリじゃ無理？ 必死に考えるが、からだが動かない。

いつのまにか悲鳴も奇声もやみ、ひとりぶんの荒い息遣いだけが静かな空間に響いていた。息遣いはゆっくり近づいてくる。

なんとかして助けを求めないと。逃げる方法を考えなきゃ。焦っているのに、思考は白いカーテンに覆われていく。保健室のベッドの四方を囲むカーテン。ドアを蹴る音と振動で、白いカーテンは揺れている。このまま目を瞑《つぶ》って眠ってしまいたい。

——駄目だ。

立ち上がり、白いカーテンを力いっぱい押す。手応えとともに男が叫んで、はっと現実に戻った。カーテンのつもりで押したのはトイレの扉で、ちょうど直前にいた男の顔面に激突したらしい。男はしゃがみ込み、鼻を押さえて呻いている。

私は洗面所を飛び出し、自分のアルミフレームのキャリーバッグを持ち上げた。ゆらりと立ち上がった男の後頭部をめがけて振り下ろす。くずおれた男の側頭部を蹴る。

　血だまりのなかに桐山さんは倒れていた。玄関のドアは私の靴が挟まったまま開いている。騒動に気付いて廊下から覗き込もうとしているカップルと目が合った。

「だれか呼んで！　警察と救急車も！」

　室内の惨状を目の当たりにしたカップルは顔色を変え、スマホを取り出しながらエレベーターのほうへ駆けていく。

　つばきさん、と後ろから声が聞こえた。振り向くと桐山さんが薄く目蓋を上げて私を見ようと顔を上げ、またがくりと血だまりに伏せる。

「目を瞑ったら駄目！　意識を保って！　私の名前を呼び続けて！」

　血で服や肌が汚れるのも気にせずに桐山さんの手を握った。廊下からばたばたと複数のひとの足音が近づいてくる。心臓が破れそうなほど激しく鼓動し、自分のなかをかつてないほど血液と感情が駆け巡っているのを感じていた。

森林限界のあなた

そのタトゥースタジオは山のふもとにあった。行き先が合っているのか不安になりつつ、普段利用しないバスに乗り込む。週末の朝、乗客はまばらで、このあたりの住民とおぼしきお年寄りばかりだ。途中で乗ってくる客もほとんどいない。気付けば最後のひとりになっていた。紫のボタンを押し、小銭を払ってバスを降りる。秋の朝のやわらかく澄んだ陽射しが歓迎するように私を包み込んだ。目を閉じて目蓋《まぶた》にぬくもりを受け止める。深く息を吸い込んだ。

スマホを出して地図アプリを見ながら、紅葉がはじまりつつある山へと続く斜面を歩く。指定された予約時間は午前九時で、タトゥーが持つ薄暗いイメージと、朝の静かな山麓《さんろく》の住宅街とのギャップに奇妙な気分になった。

運動不足のからだに坂道は堪《こた》え、息が上がる。だんだん家と家との間隔が広くまばらになっていく。いちばん高い位置にあるレンガ造りの一軒家が私の目的地のようだ。近づいてみると「Tattoo Studio Lingonberry」と書かれたプレートが壁面に嵌《は》まっていた。

時刻を確認する。三十分ほど早く着いてしまった。慌ただしい朝の貴重な三十分、自分だったら約束より早く来られたら迷惑だ。しかし付近にはコンビニすらなく、時間を潰せそうな場所は裏の山ぐらいしかない。

登り口らしきものがすぐそばに見えた。引き寄せられるようにそちらへ向かう。踏み固められているものの、登山道とは呼びがたい道だ。土のにおいが鼻をくすぐった。前日に雨が降ったのか地面は少しぬかるんでいて、一歩進むたび靴が沈み込んだ。底の薄いスリッポンを履いてきたことを後悔する。

ざわ、とすぐ横の笹の茂みが揺れた。なにか動物がいるのだろうか。熊じゃなくてリスか小鳥、と自分に言い聞かせる。倒木を這うカタツムリを踏みそうになってあわてて足をずらすとぬかるみで靴底が滑り、転びかけてひやりとした。立ち止まり、木々のあいだから空を見上げる。

忘れもしない、イサミさんとはじめて登ったのはこの山だった。反対側にある登山道から登ったので山の面立ちが違ったし、遠足の小学生など登山客で賑わっていてひっきりなしに挨拶をした記憶がある。あらゆる生命が息を詰めて侵入者を窺《うかが》っているこの空気とはまったく違う。

だけど、季節は同じ秋のはじめだった。あれは何年前になるのだろう。すべてのはじまりから思い出そうとすると、胸がぎゅっと痛んだ。

＊

新人歓迎会の席、乾杯からまだ十分も経っていない段階で、向かいにいた宮下さんがビールグラスを置いてずいと私に顔を近づけた。

「で、花谷《はなたに》は彼氏いるの？」

これも社会人の洗礼か、と反発心をどうにか飲み下す。

「いえ、いません」

「この会社でいいなと思ったひとは？」

「まだ一部のひとしか会っていないので……」

「新人研修でいろんな部署のやつが講師やってたじゃん。そのなかではだれがいちばんタイプ？」

だれの名前を挙げたら空気が凍るだろうかと考える。しかし最も無難そうな、つまりより多くの女性に好まれそうな外見の男性の名前を挙げた。

「あー、辻さんねー」

一気にテーブルは微妙な温度になる。不正解だったらしい。向かいの席に座っていた私以外で唯一の女性である美馬《みま》さんが、むっつりとした顔で「トイレ」と言って席を立った。

「美馬、少し前まで辻さんとつきあってたんだよ」と耳打ちされる。

ああ、そういう狭くてめんどくさい人間関係なのか。

「彼氏はいつからいないの？　もしかして処女？」

「おいおいセクハラだぞ」とたしなめるほかの先輩も語尾に（笑）がついているようなニュアンスだ。なんとか話題を逸らそうと頭を巡らす。

「宮下さんの向かい、物置みたいになってる机がありますよね」

宮下さんの表情から酔いが抜けた。

「ああ、そこはイサミさんの席。おれの一個先輩なんだけど、しばらく病気で休職してる」

なんの病気なのか知りたかったが、訊《たず》ねるのは気が引けた。メンタルの病の可能性だってある。そこから部長の痛風トーク、となりの部のひとの痔の手術の話題になり、私はひっそりと嘆息した。美馬さんも戻ってきて、普段どおりの表情でカクテルをオーダーしている。

数年ぶりに採用された新卒社員ということもあり、入社からしばらくは新種の生物みたいに扱われた。生まれた年や親の年齢を訊ねられ、答えると大げさに驚かれるというやりとりを何回繰り返しただろう。ほかの同期はみんな大卒の二十二か二十三歳で、私だけ専門卒のはたちだったということもある。

グラフィックデザインを学んだので、お菓子や化粧品などのパッケージ、紙ものの雑貨などをつくる仕事がしたいと漠然と考えていた。そこでパッケージと包装資材を扱っているこの会社にエントリーしたのだ。就職試験は順調に進んだが、最終面接で過去作品をまとめたポートフォリオを出して説明しているときに「営業に向いているんじゃないか？」と社長に言われ、それが鶴の一声となってあっさり希望は打ち砕かれた。営業職が具体的にどんなことをするのかわからないまま、採用されたからと入社を決めた。

新人歓迎会の翌日、呑み慣れていないお酒でひどい二日酔いのなか出社した私はさっそくやらかした。先輩とクライアントのもとへ挨拶に伺ったのだが、教習所以来の運転は壊滅的なありさまで、大幅に遅刻して相手の会社に到着し、焦って駐車場に停めてあったほかの車にぶつけてしまった。

運悪くそれは担当者の納車されたばかりの自家用車だった。その日はぐっと怒りを呑み込んだ態度だったが、ほぼ決まりかけていた仕事は大手他社に奪われることになった。先輩が一年以上足繁く通い、何度も提案し、ようやくあとひと息のところまで漕ぎ着けた案件だった。

翌日に同行した取引先では「女性らしい細やかな気配りのある仕事を期待していますよ」と悪気なくにっこりと言われ、もやもやした。気配りは苦手なほうだと自覚しているのに、性別ゆえにできて当然だと思われるなんて。

二ヶ月も経つと細かい案件はひとりで任されるようになった。月替わりのレギュラー仕事はルーティンワーク化しており、クライアントの担当者はミスがないか確認する程度だったが、社内の担当デザイナーの大河内さんがくせ者だった。

「売り場の状況は把握してるの？」「競合商品は調査した？」と最初のころは確かにもっともだと反省するようなことを指摘され、自分なりに調べて資料をまとめた。すると「こんなことは求められていない」と先日の自分の発言を忘れたとしか思えないことを言われた。

少しでも認めてほしくて、デザイン案をつくって社内打ち合わせに臨んだところ「自分の仕事もろくにできていないのに、こっちの仕事に口を出すの？」と責められ、それからは本格的に嫌われたのか理不尽な難癖レベルのことを毎回言われるようになってしまった。

大河内さんとの打ち合わせという名の説教会四時間を終え、ぐったりと自分のデスクに戻ったところを、部長に声をかけられた。

「花谷さん、ちょっといいか？」

「はい、なんでしょう」

あっちの部屋で、と言われて小会議室に向かう。

「ボニープロダクツの林さんからちょっと言われたことがあってね。いや、クレームってほどじゃないんだけど」

自分では良好な関係を築けていると思っているクライアントだった。どんな言葉が出てくるのか身構える。

「最近、花谷さんがやたら疲れた顔でやってくるけど、あれはなんとかならないもんかって言われてね」

「はあ」

なんとかならないもんかと言われても、実際疲れているのだからしょうがない。

「せめて少しはメイクしたりシャツにアイロンかけたり身ぎれいにしてほしい。うちの商品を担当してもらうには不安があるってさ」

ボニープロダクツは化粧品や健康食品を製造している会社である。

「言っておくけどおれが思っていることではないから。こういう声をいただいたっていうだけで」

「……わかりました」

「女の営業は不利な部分もあるけれど、でも基本世間は若い女の子に弱いもんなんだから、もっとうまくやろうよ。いまだけの武器なんだからさ」

若い女の子に弱いって、それは対等な人間と見なしていないということだ。

「あと、あらかじめ頭のなかで用意していた言葉をロボットみたいに述べるんじゃなくて、もっとやわらかい人間味みたいなものが出てくると円滑に進むと思うんだけどね。これは林さんに言われたことじゃなくて、おれからの意見」

「……気をつけます」

なにひとつ仕事に慣れないまま初夏が来て、夏の盛りを迎え、秋の気配が近づいてきた。毎日毎日、辞めることばかり考えていた。周囲にひとがいるといつなにを言われるかと緊張で全身がこわばるので、だれもいない朝の七時半ごろに出社して、その日の仕事の準備をするようになった。

新規営業でおとずれる会社に提案する資料に目を通し、どう挨拶してどんな世間話から入ろうかと考えていると、背後に気配を感じた。振り向くと、ぶかっとした大きめのスーツを着た短髪のひとが見下ろしている。

「だれ？」

そのひとはぶっきらぼうな声で言った。

「あの、花谷実乃里《みのり》です。四月に入社しました。よろしくお願いします」

立ち上がって挨拶する。そっちこそだれだよと思いつつ。

「ふうん」

名乗ることもなく鼻で返事をすると、宮下さんの向かいの荷物置き場になっている席の椅子を引き、大股を開いて座った。ああ、このひとが休職していたイサミさんか。どんな病気かは聞いていないけれど、なんとなく弱々しい感じのひとを想像していたので、若干の戸惑いがあった。

「イサミ」は伊佐見などの名字ではなく下の名前だ。フルネームは佐藤勇。佐藤姓のひとが社内に複数いるのでイサミさんと呼ばれている。私は最初の悪い印象を引きずり、怖いひとだと苦手意識を感じていた。

イサミさんは個人プレーのひとだった。ひとりだけフレックスタイムを導入し、いつのまにか出社していつのまにか退勤している。そのわりに売り上げはいい。自力でクライアントを新規開拓するのが得意らしかった。

それからまもなくして、私はまたやらかした。

遅い時間だからと遠慮したのと、この段階での直しはもうないだろうと判断して、クライアントに見せずに印刷にゴーサインを出したパッケージの原材料表示に変更があると出社してすぐに言われ、頭が真っ白になった。

完全に自分のコミュニケーションの足りなさが招いたミスだった。工程の共有という最低限のことすらできていない。面接で「営業に向いているんじゃないか?」と言った社長はいったい私のなにを見ていたのか。ひとと話すことが苦手でひとりで絵を描くのが好きで、それが高じてデザインを学びデザイナーを志望したというのに。

もともと担当していた宮下さんが刷り直しの手はずを整え、部長が謝罪に出向き、私はやらかした当事者なのにぽつんと会社に残された。

気落ちしてほかの仕事に取りかかることもできず、パソコンの画面を見ているふりをする。はあ、とため息ばかり出た。

「……そのメール、ずっと開いてるけどいつになったら送信すんの？」

いつのまにか後ろに立っていたイサミさんに声をかけられ、はっと振り向く。

「や、いま間違いがないか確認したら送ります」背後から圧を感じて身が縮こまる。

「花谷、明日の午後の予定は？」

「いまのところ四時から客先に行くのと、五時半から社内打ち合わせがあるぐらいです」

「じゃあ午前の十一時から二時間半ぐらい空けておいて。連れて行きたい現場があるから。服装と靴は動きやすくて汚れてもいいやつで。肌は出ない格好で」

「あ、はい。設営の手伝いとかですか？」

「まあそんなとこ」

手伝いなんかに行ける余裕がないことぐらい、見てわからないのだろうか。


翌日、営業車の前でイサミさんは私の服装をまじまじと見た。チェックのボタンダウンシャツとコットンのジャケット、ストレッチの効いたカーゴパンツ。

「靴底見せて」

片足を上げて見せる。

「どうでしょう」

「……まあそのスニーカーで行けなくもないか」

イサミさんはウィンドブレーカーにスポーツタイツにハーフパンツ、ソールがごついミドルカットの紐靴を履いていた。普段はオーバーサイズのスーツを着ているからわからなかったが、ぴったりとしたタイツを穿いた脚はかなり細い。

「じゃあ行きますか」と言ってイサミさんは運転席に乗る。

「あの、行き先は――」

「着けばわかる」

途中、コンビニに寄ってペットボトルのミネラルウォーターとチョコレートを買った。車はしばらく走り、山麓にある駐車場で停まる。

「今日の現場って……」

車を降り、ストレッチをはじめたイサミさんに声をかける。

「山。登山」

意味がわからないと思いつつ、登りはじめた。登山なんて学校の遠足以来だった。実際、登山道にはリュックを背負った遠足の小学生が鈴なりだ。木々に甲高い声が反響している。すれ違う際に「こんにちはー!」と元気よく挨拶してくる子どもたちに挨拶を返していると、自分のなかにあたたかなエネルギーが満ちていくのを感じた。立ちのぼる土のにおい、木の幹のどっしりとした香り、色づきはじめた秋の葉が放つほのかに焦げくさいようなにおい。

一歩登るごとに頭を占めていた仕事の悩みが遠ざかっていく。重なる枝の向こうに見える澄んだ空、踏まれまいと逃げる甲虫、風が吹くと笑いさざめくように鳴る梢。

息が上がる。途中からはただ無心に足を進めた。颯爽《さっそう》と歩く老夫婦に道を譲る。水を飲みきり、チョコを食べ尽くし、これ以上は脚も体力もきついなというタイミングで山頂に到着した。

「着いたーっ！」

大きく深呼吸して新鮮な空気を吸い込み、まちを一望する。なにもかもがちっぽけに見えた。心地よい風が吹き、全身に滲んだ汗を乾かしていく。

「会社、どのへんでしたっけ？　あの高いのが駅ビルだから――」

「ここまで来て会社なんかさがすなよ」とイサミさんに苦笑される。

さきに登頂した小学生たちが輪になってお弁当を食べていた。羨ましく眺めていると、イサミさんがバックパックからアルミホイルに包んだものを取り出した。

「食べる？　ひとの握ったものが駄目なら無理しなくていいけど」

アルミホイルを剝がして見せる。全面に海苔を巻いた、丸くて大ぶりのおにぎりだった。見たとたん口内に唾が湧く。

「ありがたくいただきます！」押しいただくように受け取った。「うちのおにぎり、三角に握って長方形の海苔を巻くスタイルだったから、子どものころこういう真っ黒いおにぎりに憧れてました」

大きく口を開けてかぶりつく。

「酸っぱ！」中身は梅干しだった。「……でもおいしいです。むかしながらの梅干しって感じで」

「毎年農家から梅を取り寄せて、自分で漬けてる。最近の甘いのとか減塩すぎるのとか薬品くさいのとか好きじゃないから」

「へえ、なんか意外です」

イサミさんも自分のぶんのおにぎりを出して食べはじめた。ふたりともしばらく無言で咀嚼する。お弁当を食べ終えた子どもたちがきゃあきゃあと走りまわり、先生に注意されている。

イサミさんは赤いチェックのレトロな水筒を出し、蓋のコップに中身を注いで「飲む？」とかざした。

「いただきます」と受け取って口をつける。熱いほうじ茶だった。おにぎりの最後のひとくちを食べ、お茶で流し込む。

「ごちそうさまでした」アルミホイルをちいさく丸めてポケットにしまった。

立ち上がり、アキレス腱やふくらはぎや前ももを伸ばす。小学生もらくに登頂できる山とはいえ、明日は確実に筋肉痛だろう。

「どう？　少しは頭がすっきりした？」

訊ねられてはじめて、イサミさんが連れてきてくれた理由がわかった。

「……仕事の心配ごとを完全に忘れられたの、入社してはじめてな気がします」

「花谷、気分転換下手そうだから。うまくいかなくて萎縮してそれがますますミスを誘って、悪循環に陥ってるのが見てられなくてさ」

「イサミさんはよくこうやって気分転換してるんですか？」

「そうだね。病気でしばらくできなかったから久しぶりだけど。また誘っていい？　ひとりで登るのも飽きてたんだよね」

「ぜひ！　お願いします！」

上空ではトンビらしき鳥が大きな翼を広げて悠々と旋回している。


それから月にいちどはイサミさんと山に登るようになった。だいたいは週末だったが、近郊の低い山なら最初のときのように仕事をさぼって登ることもあった。休みの日まで会社のひとと会うなんて忌むべきことだけど、イサミさんとの登山だけはべつだった。

市内のめぼしい山をあらかた登頂したころには脚が鍛えられ体力もつき、翌日ひどい筋肉痛で苦しむこともなくなった。私は入社二年目を迎えた。相変わらず仕事のできなさに落ち込むことも、理不尽な仕打ちに悩むことも多いが、それらをいったん保留にするすべがあることにずいぶん救われた。ぜったい辞めてやると思っていても、下界から離れて土や草のにおいに包まれると気持ちが凪いだ。

そろそろもっと本格的な山に登ろうという話になり、日本百名山に選ばれている山に狙いを定めた。イサミさんは何度か登ったことがあるらしかった。

早朝に家を出て迎えに来たイサミさんの車に乗り、高速道路を経由して向かった。山麓のロープウェイ駅の駐車場に車を停める。五合目まではロープウェイで一気に登った。高度が上がるにつれ生えている植物の種類が変わっていくのが上から見てもわかる。さらにリフトに乗り継いで七合目まで移動した。入山届に記入し、バックパックにつけた熊鈴を鳴らしながら自分の足で登りはじめる。リスが歓迎するようにちょこまかとすがたを見せた。

斜面にジグザグにつくられている登山道はなかなかの急勾配で、すぐに息が上がった。梢を揺らすリスを発見するたび、立ち止まって写真を撮る。つづら折りに進むごとにぐんぐん高度が上がっていく。

「トリカブトってこんな花なんですね。はじめて見たかも。毒って根っこにあるんでしたっけ」

山に自生する植物を紹介する看板と、そのそばに生えている青紫の花を見比べて言った。兜というよりフードのような形状をしている。

「葉っぱにも花にもある。皮膚から吸収されるから触んなよ」

「わ、怖い」伸ばした手を引っ込める。

「漢方薬にも使われてるけどね。毒薬変じて薬となる」

八合目を過ぎると樹木の丈が低くなり、視界が開けてくる。可憐な高山植物が岩のあいまにひっそりと咲いている。いったんはゆるやかになった道がまた傾斜を増し、目印の岩が見えてくると九合目だ。乳酸が溜まって重くなってきた脚を手で押すようにして最後の急勾配を登る。突然ぱっと目の前を遮るものがなくなり、山頂に到着した。登りはじめたときは曇り空で霧が出ていたが、いまは青空がすっきりと広がり白い雲がたなびいている。砂礫の山頂からは連なるほかの山々を三六〇度見渡せた。

しばらく休憩してから、さらに稜線を歩いた。また風景ががらりと変わる。なだらかな尾根につくられた登山道の両側には、ツツジの一種が紅紫色の花を咲かせ、チングルマという白く丸い花びらと黄色いしべの可憐な花が花畑をつくっていた。顔を上げて遠くの連峰に視線を向けると、七月の半ばだというのに雪渓《せっけい》がシマウマのような模様を山肌に描いている。

「……あの世への道を歩いてるみたい」私はぽつりと呟いた。

「天国みたいとかほかに言いようがあるだろ。まあ、この世っぽくない感じはあるけどさ」

「下の世界に帰らなきゃいけないの、信じられないです。ずっとここを歩いていたい」

そうだね、とイサミさんが返す。少しためらうようなそぶりを見せたあと、ふたたび口を開いた。

「来世では森林限界のあたりの低木に生まれ変わりたいって、高い山に登るたびに思うんだ。

そこに生えてるハイマツとかイワウメとかさ。上にぐんぐん伸びようともせず、ただ環境に合わせて身を低くして茂るだけなのがいいよ。下界のあらゆることと無縁の一生、羨ましい」

「そんなこと考えてるんですか。ぜんぜんわからないけど、なんかわかるような」

「どっちだよ。とにかく下の世界は生きものがうじゃうじゃ多すぎるし、空気が濃すぎる」

石造りの山小屋に辿り着いた。宿泊施設やテントを張る場所もあり、周囲の山々を縦走する登山者の拠点になっているらしい。外に木のテーブルとベンチがあるのでそこに腰を下ろし、湯を沸かしてお茶を淹れ、イサミさんのおにぎりを食べる。今回も中身は自家製梅干しだ。

連なる山々へのルートを指し示す標識があった。こんなに空の近くまで来たのにまだまだ遠くに行けるのだと思うと、気が遠くなると同時に希望のようなものを感じた。もう少し先の景色も見てみたかったが、スケジュール的に難しいため今回はここまでにする。「いつか泊まりがけで縦走しましょう」と約束し、来た道を引き返して下山した。

山麓に温泉街があるので、日帰り入浴で疲れを取ってから帰ろうと計画していた。温泉旅館に寄り、入浴料を支払う。

「お土産見てくる。さきに入ってて」

「はーい」

ひとりで大浴場の女湯へ向かった。汗で湿った服を脱ぐ。タオルと入浴セットを抱えて浴室の扉を開けると、やわらかな硫黄の香りと湯気に包まれた。ちょうど谷間の時間帯なのか、客は少ない。からだを洗ってから大きな浴槽に足を入れる。ほどよい温度の温泉に肩まで浸かると息が洩れた。無色透明の湯には白い湯の華がひらひらと舞っている。目を閉じてしばらく心地よさを堪能した。凝り固まった筋肉がゆるゆるとほどけていく。

扉が開いてひとが入ってくるのが湯気の向こうに見えた。イサミさんだ。タオルをぴったりと胴体に巻いているのがなんだか意外でおかしかった。普段のがさつな所作からすると隠さずに堂々と入ってきそうなのに。

イサミさんは正面の浴槽にいる私には気付かず、洗い場へ向かう。背を向けてボディソープを泡立ててからだを洗いはじめた。私は浴槽を出てそのとなりのカランへ行く。檜の椅子に座り、イサミさん、と横を向いて話しかけたところであることに気付いた。

右胸にあるはずの乳房も乳首もなくて、代わりに十センチほどの傷痕が斜めに走っている。

イサミさんは一瞬びくっと身を退《の》けて、私の視線を追うように自分の胸を見た。

「ああ、病気って——」そう呟いたきり、なんて言えばいいのかわからなくなってしまう。

イサミさんはふっと苦笑して口を開いた。

「そう。乳がん。社内のひとにはごく一部にしか話してないけど。説明するのとか同情されるのとかめんどくさいから」

「そうだったんですね」

しばらくお互い無言で洗う。イサミさんがさきに立ち上がり、露天風呂に向かう。私はじっくりコンディショナーを馴染ませてから流し、そのあとを追った。

広い露天風呂には私たちのほかにだれもいなかった。湯船に浸かると、夕方近くなって涼しくなった山の風が頭を冷やして気持ちがよい。

「わあ、絶景！」

露天風呂からは山肌を間近に眺めることができた。夏の生命力がほとばしる緑と、薄く削いだ岩を積み重ねたような剝き出しの柱状節理《ちゅうじょうせつり》が、独特の景観を描いている。

イサミさんは目を閉じてふぅーっと長く息を吐き、「やっぱいいね、温泉は」と呟いた。

「汗をかいたあとだとなおさら染みますね」

「手術してからはじめて温泉に来たんだ。……来てよかった」

「なにも知らないで温泉温泉って騒いでごめんなさい」

「いいよべつに。まあ、入るかどうか悩まなかったって言ったら嘘になるけど。必要性を感じなかったから再建手術は受けなかったんだけど、やっぱやりゃよかったかなとか脱衣所でいろいろ考えた。手術痕を隠す入浴着もいちおう買ったけど、車に置いてきた。かえって目立つ気がしたから」

休職明けは癖毛のベリーショートだったが、いまはまっすぐなショートボブになっていた。

抗がん剤治療直後はうねったりと髪質が変わるひとが多いと、どこかで聞いたことがある。

のぼせてきたのでいったん水風呂に入り、さらに内風呂と水風呂を繰り返してから上がる。脱衣所を出てロビーのソファに座って窓の外に広がる庭園を眺めていると、遅れてイサミさんがやってきた。すっぴんの頬をつやつやさせている彼女に私は笑いかける。

「温泉入ったら弛緩しちゃって、帰るのめんどうになりました」

「運転しないくせに」

「だってイサミさんが私の運転だとかえって疲れるって言うから……」

「花谷の運転、のろいくせに荒くて寿命が縮まるんだよ」

「あの、泊まっちゃいませんか？　明日は日曜ですし。部屋に空きがあればですけど」

「確かにこれから三時間近く運転するのは怠《だる》いな」イサミさんの表情に迷いが見えた。

「ね、泊まりましょう！」

「……しょうがないなあ」

フロントで訊ねたところ、夕食バイキングのプランなら対応できると言われたので、宿泊に変えてもらった。部屋に案内されて荷物を置き、少し休んでからバイキング会場へ行って夕食を済ませる。

「ああ、食べ過ぎちゃって苦しい」

部屋に戻るなりベッドにごろんと横になった。部屋は洋室で、どうせならいかにも旅館らしい畳の和室がよかったなと思う。

「焼きそばとか唐揚げとか、原価安いどうでもいいものばっか食べるからだよ」

「バイキングの罠に嵌まりました」

「フライドポテト山盛り取っちゃって、小学生男子かよ」

「その点イサミさんは理知的でしたね。シェフが調理してくれるステーキや天ぷらやお寿司に最初から狙いを定めて。デザートも私みたいに全部盛りにしないで厳選して」

「朝食ではこの反省をちゃんと活かすように」

「はーい」

「お風呂入ってくるけど花谷は？」タオルや浴衣を腕に引っかけながらこちらを見る。

「おなかが落ち着くまで少し休みます」

そのまましばらく眠ってしまったようだった。起きると部屋にイサミさんはいない。まだお風呂から戻っていないのだろうかと思ったが、時計を見るとあれから二時間も経っている。

イサミさんをさがしがてらお風呂に行くことにした。大浴場にはイサミさんのすがたはなかった。露天風呂で薄く雲がかかっているほぼ満月を眺めながら、イサミさんを思い浮かべる。片脚だけあぐらをかいて猫背でパソコンを見ているしかめっつら。笑うと困ったように下がる眉。さっきはじめて見た病との戦いの痕跡。

自分のなかで満ちていく感情があることに気付いた。いとしい、というやわらかな言葉だけでは足りない思い。その感情は狭い檻に閉じ込められた竜のように、ただ一点の出口を求めて荒れ狂っている。ろくにからだを拭かず浴衣を着た。脱衣所を出るときに鏡を一瞬見る。頬が上気し、目はとろんと潤んでいるのに妙にらんらんと光っている。

はやる足で館内を探索した。ロビーから出られる庭園に見慣れた後ろすがたを発見する。ガラスの扉を開け、外に出た。きい、と扉が鳴り、その音でイサミさんが振り向く。月明かりに青白く照らされた横顔。白い木綿の浴衣に包まれたからだは、いつもより頼りなく華奢に見える。

イサミさん、と呼びかけるのと同時に背に手をまわして抱きついていた。骨格はフレームのようにがっちりとしているのに、そこについている肉は薄い。

「なんだよ急に、びっくりした……」

かさついた頬に触れる。ずいぶん長く外にいたのかつめたい。イサミさん、と再度呟いた語尾はくちびるを重ねたためくぐもった。とっさに押し返されそうになるが、力を抜く気配が伝わってくる。ゆっくり背をさすられた。なだめているつもりなのか、愛情表現なのか、その手の動きからは判断できない。

くちびるを離し、頬と頬をくっつける。

「冷えちゃってますね。早く部屋に戻りましょう」

「花谷は熱いね」

「お風呂から上がったところなんで」もちろんそれだけではなかった。もっと奥底から熱が滾《たぎ》っている。

廊下を歩きながら手を繋ぐと一瞬動揺が伝わってきたが、ほどかれはしなかった。部屋に入り、電気をつけようと壁をさぐっているイサミさんに後ろから抱きつく。「あ、こら待て」と言ったくちびるを塞いだ。スリッパが突っかかって転びそうになり、ベッドに倒れ込む。好きです、と口走りながら首すじにキスをした。浴衣の衿を開き、鎖骨へとくちびるを滑らせる。

「……まだ続ける？」

いままで聞いたことがないほど弱気な声。その声でさらに火がつく。

「拒否されない限りやめられません」

「……そっか」

帯をほどき、浴衣を左右に開いた。なかに着ているタンクトップの裾をまくり上げ、右胸に走る傷痕に口づける。

「あ、そこは——」

「痛いですか？」顔を上げて訊ねた。

「いや、痛くはないけど……」はじめて見る、泣きそうに切なげな表情。

「好きです、この傷痕」中指でそうっとなぞる。

「欠損フェチかよ」イサミさんは喉の奥で笑った。

「そうじゃないですけど」

うまく説明できそうにないしそんな余裕もないので、シーツと背のあいだに手をまわしてぎゅっと抱きしめた。肌が密着する圧倒的な気持ちよさに脳がとろける。残っているほうの乳房は小ぶりで、私の胸の下でほぼ平らになっていた。はあはあと息遣いを荒くしながら、背骨を折ってしまうんじゃないかと思うほどさらに強く抱きしめる。冷えていたイサミさんの肌がぬくもってきたのは、私の体温が移ったためか、それとも内側から発熱しはじめたのか。

「ぬるぬる、そんなになすりつけるなよ」

そう苦笑されてはっとからだを離して見下ろした。カーテンを閉じていない窓から差す月と外灯の明かりでぼんやり浮かび上がる裸体には、ナメクジが這ったようなあとがてらてらと光っている。無意識のうちに腰を動かして性器を押しつけていたらしい。かあっと頰が火照《ほて》る。恥ずかしさでいたたまれない気持ちをごまかすように、イサミさんの脚のあいだに指を滑らせた。

あっ、とイサミさんは短く声を上げて腰を浮かせる。やわらかな草むらの奥は信じられないほど熱くぬかるんでいて、私の指をあっさり吞み込んだ。

かろうじて摑んでいた理性の手綱を手放す。充血してぼってりと膨らんだ襞《ひだ》を指で開き、顔を近づけて舌を伸ばした。湿気を帯びた濃いにおい、いくら舐め取ってもあふれる蜜、鼓膜を撫でる甘く泣きそうな吐息と声――。陶然としながら無我夢中で貪った。すべてが欲しくて、すべてを与えたくて、自分のつたなさがもどかしかった。

人生ではじめて恋人ができたと浮かれ気分でいられたのは、翌々日の月曜に出社するまでだった。時間ぎりぎりにやってきたイサミさんを見て、ぱっと顔が輝くのが自分でもわかった。「おはようございます！」と挨拶する声は語尾に音符をつけたくなるほど弾んでいる。しかしイサミさんは私を一瞥して「おはよう」とぶっきらぼうに言うと、それきり目も合わせてくれなかった。

昼休み、出かけようとするところを先まわりして捕まえる。

「イサミさん！」

叫ぶように呼び止めるとぎょっとした顔になった。

「お昼、いっしょに食べませんか？」

「ごめん。ひとりで考えごとしながら食べるのが好きだから」

「じゃあ週末、映画にでも出かけませんか？　映画に興味がなければ動物園でも」

「映画も動物園もべつに――」

「出かけたくないならイサミさんのおうちにお邪魔していいですか？」

「うちにはひとを入れない主義なんで」

泣きそうなのをなんとかこらえて見つめる。

「……あの一回きりってことですか？」

「いや、そんなつもりはないよ。お互いのタイミングが合えば。花谷がおかしな行動をしなければの話だけど」

「おかしな行動って？」

「周囲からバレバレな態度をとったり、ストーキングしたり」

「そんなことしません」

「とりあえず、来月にでもまた山に登ろう。今度はもっと近場で」

来月。毎日でも触れあいたいが、わがままを言うとするりと逃げられそうで、承服するしかなかった。来月なんて果てしなく遠く思えるけど、約束は確かに約束だ。


翌月、約束どおり近郊でいちばん登りごたえのある山に登った。真夏で大汗をかいたので帰りにスーパー銭湯に寄ることを提案したところ、「混みあってるスーパー銭湯だと視線が」と手術痕を気にしていたので、露天風呂のあるラブホテルに行った。あらかじめ調べて目星をつけておいたのだ。

ウロボロスの蛇みたいになって永遠に続きそうな愛撫の与えあいのすえ、ぐったり疲れてベッドで休んだ。部屋に入ってすぐお風呂で汗を流したのに、また汗まみれになっている。

「イサミさんって過去にどんな恋愛してきたんですか？」

抱きつきながら訊ねた。

「過去？　まあそれなりに。男とも女とも」

「結婚しようとか、将来の話をしたひともいたんですか？」

「うーん……」

否定も肯定もしなかったが、だれかの顔を確実に思い浮かべていることが伝わってきた。激しい嫉妬が湧き上がる。

「好きなひとの過去をさぐるのは、不毛だからやめたほうがいいよ」

私の表情を見ながら半笑いで言われ、上から目線にかちんときた。


秋は大型のコンペが入って土日も出勤が続き（結局負けた）、そのうち雪がちらついて冬になった。冬山登山に挑めるほどの熟練者ではないので雪が完全に融けるまで登山はお預けとなり、イサミさんと出かける機会も失われてしまった。社内でも最低限の会話しか交わさない。ほかのひとと話しているときにめずらしく笑い声を上げているのを見ると、寂しくて泣きそうになった。

「温泉旅行しませんか？」「スキーに行きませんか？」「うちにごはん食べにきませんか？」

などと誘ったが、のってくることはなかった。

　独り相撲な関係に、自分がじりじりと病んでいくのを感じていた。名前で検索してもSNSは出てこない。魔がさしてスマホを覗き見たが、SNSアプリのアイコンがなかったのでまったくやっていないのだろう。ついでにメールも見たけれど、ダイレクトメールやメールマガジンばかりだった。ストーキングは駄目と言われていたのに自分を抑えられない。GPS発信機を鞄にこっそり入れて行動を調べようかと思ってネットでよさそうな商品をさがしたけれど、実行には移さなかった。

　自分がイサミさんを想っているのと同じ分量想ってほしいし、同じだけ苦しんでほしい。ある夜、普段は着ないようなひらひらしたワンピースをレンタルして、ヘアメイクを店でやってもらい、「必ずナンパされる」とネットに書いてあったバーに向かった。一時間ほどひとりで過ごし、ばかなことをしているな、この一杯を飲み終えたら帰ろうと決めたとたん、三十歳前後ぐらいの男に声をかけられた。

　こういうことを日常的にやっているタイプなのだろう。私は理性を捨てようと苦手なお酒をぐいぐい飲みながら空虚な会話を交わしているうちに、自然な流れで断る出口を塞がれ、ホテルの部屋に連れてこられた。脚がふらついて男にしがみつかないと歩けない。

「いくらなんでも飲み過ぎでしょ。どうした？　忘れたいことでもあった？」

　一ナノグラムたりとも好意を持てそうにない男だが、やさしげな声音でそう囁かれると、思わず涙ぐんで抱きついた。

あとはベッドに横たわって目を瞑っていれば目的を遂行できる。だが、「しゃぶって」と赤黒い性器を目の前に突き出され、一気に酔いが醒めた。息を止めてそれを口に含む。味わないようにしながら舌を動かし、顔を前後させる。

「へたくそだな。もういいよ」

男は口から抜くと、私のワンピースを脱がしにかかった。素肌を男の手が這いまわる。イサミさんに触れられたときとは違う種類のぞくぞく感が全身を駆け巡った。

「声、我慢しなくていいよ」くちびるを噛んで耐えているようすを勘違いした男が、猫撫で声で言う。

脚を大きく広げられ、その中心にかたく滾っているものを押し当てられた。「……濡れにくいほう?」何往復かこすりつけられてから、めりめりと押し広げて侵入してくる。指やおもちゃを受け入れたことはあったが、男のものはそれらとは違うなまなましさがあった。ひと突きごとに感情をぐちゃぐちゃにかき乱され、シーツを摑んで口にこぶしを押し当てて耐えた。

あっけなく終わりは来た。腰を震わせたと思ったら動きが止まり、ずるりと抜け落ちる。

男はすぐにいびきをかいて寝はじめた。私は音を立てないようベッドから出ると、バッグからスマホを取り出した。カメラアプリを開き、男の下半身と自分の顔が入る角度で撮影する。カシャ、とシャッター音が大きく響いてぎょっとしたが、男は起きそうにない。メッセージはつけずに写真だけをイサミさんに送った。服を着る。ゆるく巻いてハーフアップにセットしてもらったのにぐしゃぐしゃになった髪を手櫛で直し、部屋を出た。

駅で急に吐き気をもよおしてトイレに駆け込み、便器を抱いて嘔吐した。時間を確認する。もうじき終電が来るが吐き気は治まりそうにない。髪に刺さっているヘアピンを抜きながら嘔吐のつぎの波が来るのを待つ。イサミさんからの連絡は来ていない。もう写真を見たろうか。怒ったのか。呆れたのか。かなしんだのか。

結局終電を逃し、一時間ほどかけて歩いて帰宅した。翌日、ほとんど寝ていない状態で会社に向かう。イサミさんはクライアントに直行で出社していない。結局連絡は来ないままだ。眠気と不安と後悔で午前中はほとんど仕事が手につかなかった。昼になり、コンビニでなにか買ってこようと会社を出たところで、肩をぽんと叩かれた。

顔を見たとたん、感情があふれて表情筋が崩壊した。

「昼、つきあってくれる？　こんなところで泣かれても困るし」

連れて行かれたのは少し歩いたところにある寂れた喫茶店だった。イサミさんはナポリタン、私はオムライスを注文する。無言で向かいあったまましばらく待っていると運ばれてきたが、食欲が湧かずほとんど食べられない。以前ランチに誘って断られたときからの夢だったのに、こんな苦しい状況で実現するなんて。イサミさんは鉄皿に盛られたナポリタンを箸で半分ほど食べてから、「あの写真のことだけど」と切り出した。口内のケチャップと卵の味が消える。

「写ってたのは彼氏？」

「知らないひとです。名前は聞いたけれど忘れました」

「楽しかった？」

「楽しくなんか、なかったです……」

涙がぶわっとあふれた。

「自分を大事にしろとは言わないよ。花谷の気が済むようにすりゃいい。ただ、試すような行動は信用をなくすだけだから」

すみませんでした、と嗚咽で途切れながら謝る。

「たまにはこうやって昼めし食おっか。好きな食べもの教えてよ」

「……いいんですか？」

「自分の態度が花谷を追い詰めてたって反省した。まあ、すぐに気が変わるかもしれないけど」

ランチはその週は二回、翌週は一回、翌月は一回、翌々月はゼロ回と減っていったが、以前ほど独占欲で苦しまなくなった。向きあおうとする姿勢を見せてくれたこと、それを大事にしたいと思った。

四月になると配置転換があり、イサミさんとは部が変わった。社内で話す機会はぐんと減り、いちども顔を見ない日もある。新入社員が同じ部に入って教える立場になった。振りまわされるだけだった仕事も少しずつコントロールできるようになってきた。目の前に迫る仕事だけでなく俯瞰で見られるようになると、自分はこのままでいいんだろうかという疑問が生まれた。いまの仕事に今後の数十年を捧げて悔いはないだろうか。眠っていたデザイナーへの未練がむくりと目覚めた。

夜間の学校に通い、デザインとマーケティングを学び直すことにした。課題が多く、会社と学校に行っている時間以外はそれに費やした。やることが多いとイサミさんのことを考えて悶々と過ごす時間が減り、副次的な効果ではあるが気持ちの安定に繋がった。

イサミさんを意のままにしたいという欲望を手放そう。胸の手術痕を愛するように、そのままのイサミさんを受け入れよう。自分の所有物にはできないという点も含めて。何度も自分に言い聞かせているうちに、だんだんとその考えに馴染んできた。

同じ分量の愛情を返してくれることはないけど、私の愛情から逃げずに受け止めてくれる。強い執着は見せてくれないけど、そのぶんほかのだれかに夢中になることもなさそうだ。それで充分だと、半分は痩せ我慢であっても思えるようになってきた。

初夏が来て、高山のベストシーズンとなったが登山の計画すら立てていない。今年はまだいちども登っていなかった。勉強と並行して転職のことも考えはじめたので、遊びまで手がまわらないのだ。イサミさんもそのことを知っているので誘ってこない。山もイサミさんも待っていてくれるだろうという安心感もあった。

ある朝、会社に向かっていると前方にイサミさんが歩いているのが見えた。後ろすがたをひさびさにじっくりと眺めて、少し肉づきがよくなったことに気付く。オーバーサイズだったスーツがからだに合っている。もともと痩せぎみだったので肉がついたほうが健康的ではあった。年齢的にふっくらしはじめるころなのかもしれないと、彼女の同期社員やその上の世代を見て思ったりもした。

その数日後、明け方まで課題に取り組んでいたため寝不足で、オフィスのトイレの個室でうとうとしていると、話しながら入ってくるひとがいた。声から総務のひとたちだとわかる。

「イサミさん、あれってデキてるよね」

「やっぱりそうだよね？　なんかびっくり。相手はだれなんだろ。まだ結婚はしてないよね」

「でき婚するのかシングルマザーで行くのか……」

「事情のある相手なのかなあ」

「不倫とか？」

「社内かもよ」

「うわ、気持ちわるぅ」

がん治療によって生殖機能は失ったものと勝手に思い込んでいた。妊娠の可能性なんて想定できなかった。

そんなはずはないと自分に言い聞かせているうちに、イサミさんの肉体は着々と変化していった。無責任な噂も頻繁に耳に入る。やがてだれが見てもわかる体型になると、噂を愉《たの》しむ段階は過ぎたのか、腫れもの扱いされるようになった。

いくら避けていても、同じ会社では鉢合わせする局面がやってくる。ある日、閉まりそうなエレベーターに飛び乗ると、なかにイサミさんがひとりで乗っていた。妊婦特有の、腰が反っておなかを突き出している立ちすがた。降りようと後ずさるが扉が閉まる。十階のオフィスまでの時間がやけに長く感じた。三階、四階、と上がっていく階数表示をじりじりしながら見つめる。

「なにも訊いてこないんだね」イリミさんが呟いた。

「……だってつらいんです。傷つくってわかってて訊くのは」自分のつまさきを凝視して答えた。しばらく磨いていない革靴は泥で汚れている。

「もう少しだけ待ってて。全部ちゃんと説明するから」

エレベーターが十階に着いた。私は返事をせずに降りる。

これ以上見ていたくなくて、それからまもなく転職を決めた。転職を考えはじめた当初は地元から出る気はなかったが、東京の会社にした。まちで子連れのイサミさんとばったり遭遇するような事態は耐えられない。引き継ぎだけはしっかりやると、溜まっていた有給休暇を消化して逃げるように会社を辞めた。

着信履歴にあった「宮下さん」という名前を見て、しばらくだれかわからなかった。いちばん最初に勤めた会社の先輩だと思い出す。あの会社を辞めて東京に出てきてから何年経っただろう。――六年か。そのあいだに会社を二回変わった。恋人もできて別れてを二回繰り返した。イサミさんのことはごくたまに思い出すぐらいだ。大事な存在だったと記憶を慈しむ思いと、裏切られたという恨み。それらも年々薄れていく。

遅い時間の着信だったので酔って戯《たわむ》れにかけただけかもしれない、と宮下さんの酒癖の悪さを思い出して考える。あのころの社内の飲み会のように、新入社員にいきなり恋人や性体験の有無を訊ねるようなことはもうしていないと思いたい。私が社会人になってから十年足らずで社会はずいぶん変わった。悪化していると思う面もあるが、大きな流れはよりよい方向へと進んでいると信じたい。

無視しようかと迷ったが、折り返しかけてみた。

『花谷？　久しぶり』しらふのようでほっとする。

「お久しぶりです。お電話、どうしたんですか」

『イサミさんって憶えてる？　花谷はあんまり絡みなかったかな』

「憶えてますよ」動揺を押し殺して答える。

『イサミさん、何年か前に会社辞めてたんだけど、きのう亡くなったんだって』

「えっ、亡くなったって――」

『明日お通夜であさって葬儀。花谷はいま東京だったっけ？』

「はい」

『じゃあ平日だし来るのは難しいか』

「……そうですね」

『東京で頑張ってね。こっちに来ることがあったら教えてよ』

　飛行機の窓から外を眺めながら、イサミさんではなく四ヶ月前に別れた恋人のことを考えていた。SNSを介して知り合った、十歳年上の女性。ちょうどイサミさんと同い年だ。長身で骨格ががっちりしているのに痩せているところが、イサミさんと似ていた。性格はぜんぜん似ていなかった。甘えたがりで情緒のアップダウンが激しかった。一年半いっしょに暮らした。

　ささいなことで言い争いをして、少し冷却期間を置きたいと私から言い出した。焦らせて気を惹こうというもくろみだった。やっぱり私が必要だと痛感してすがってほしかった。だが、相手はそのあいだに憧れていたミュージシャンと偶然知り合い、運命に導かれるようにつきあいはじめてしまった。試すような行動をイサミさんに咎められたのに、結局変われていない。

一日悩んでやっぱり出席しますと宮下さんに連絡し、葬儀の時間と会場を教えてもらった。まだ火葬していないだろうから亡骸と対面しなきゃいけないんだ、といまさら気付く。恐怖で手足がこわばり、心臓がばくばくと騒いだ。久しぶりに着た喪服はかびくさく、ますます気が滅入る。

午前中の葬儀に間に合わせるため、朝七時に羽田発の便に乗った。一睡もできないまま向かうのだろうと昨夜は覚悟していたが、熟睡してぎりぎりの時間に起き、グランドスタッフを走らせてしまった。

さらに地元に着いてからも、うっかり電車を乗り間違えた。普段はやらないミスにどっと疲れる。たぶんからだが葬儀に参列することを拒んでいるのだ。降りて正しい電車を待ちながら、このまま帰ろうかなんて考える。ほぼ普通運賃の飛行機に乗って用事を果たさず帰るなんて、ばかすぎるか。

余裕を持って早い便を選んだはずが、会場に着いたときにはすでに読経がはじまっていた。香典を渡してホールに入る。いちばん後ろの席に座った。懐かしいひとの後ろすがたがちらほら見える。——あ、部長だ。だいぶ毛量が寂しくなった。大河内さんもいる。イサミさんと同期だったたっけ。相変わらず新人をいびっているのだろうか。その横にいる総務のひと、名前を思い出せないな。振り向いた宮下さんと目が合い、軽く頭を下げる。

顔ぶれのチェックをしているうちに、焼香の順番がまわってきた。立ち上がって前に進み、最前列の遺族に頭を下げる。両親らしきふたりと、そのとなりに小学校に入るか入らないかぐらいの年ごろの男の子が座っている。ああ、この子が——。形容しがたい感情が湧き上がり、足もとがぐらつく。前を向くと遺影のイサミさんと目が合った。やや顎を上げ、見下ろすようなまなざしにはどこか寂しさがただよっている。私の知っているイサミさんより少し老けていた。

ひとがするのを見て確認したはずの焼香の手順が頭から飛び、てきとうな所作でごまかして後ろに下がる。

喪主である父親の挨拶で、私は知らなかったイサミさんの一面を教えられた。登山はもともとお父さんの趣味だったが、中学生で不登校になった娘を連れ出すすべとして誘ったこと。山を気に入ったようで、成長すると勝手に計画を立てて登りに行くようになった。単独登山はいざというとき危険だと諭しても聞かず、ひとりで登ることを好んだ。

乳がんの手術と再発。リンパ節、骨、肺、脳と転移して壮絶な闘病生活だったが、痛いだとか弱音はいっさい吐かなかったこと。気丈なイサミさんが病床で唯一涙を見せたのは、息子のことを頼みますと両親に頭を下げたときだけだった。息子の名はミツルということ。

子どもの父親の話題は出なかった。遺族の席にもそれらしい男性はいない。結局独身のまま出産したのか。

棺の蓋が開けられ、故人への最後の挨拶をするよう促される。スタッフから百合の花を受け取り、棺に近づいた。見たくないと脳は拒否しているのに凝視してしまう。白い死装束を着たイサミさんはひどく痩せ、最後に会ってから六年しか経っていないとは信じがたいほど老けていた。肌は青白く蠟のような質感でしわが寄っていて、頭蓋骨のかたちが浮き出ている。髪は整えられているがまばらで地肌が見えていた。顔色をよく見せるため施された死化粧が、かえって不自然でイサミさんらしくない。

これ以上見ると記憶のなかのイサミさんのすがたが上書きされそうで、花を肩のあたりに置くと後ろに下がった。高山の空気を吸う無垢な横顔や、剝き出しの肌を撫でられたときのデリケートに揺らぐ表情、指や舌の動きに反応して跳ねる肉体の記憶を汚されたくなかった。

幼い息子は、何度もスタッフから花をもらって母親の遺体を花で覆い尽くそうとしている。それを見て何人かの参列者はハンカチで目もとを押さえる。狭くて平らなひたいと涼しげな目もとにイサミさんの面影があった。似ていない部分は父親の血か、と思うと胸がひりつく。この子は死をどこまで理解しているのだろう。この年齢なら母親の記憶は残るだろうか。とはいえ病床のすがただけかもしれない。

葬儀会場の外で出棺を見送ると、そのまま駅に向かって歩き出した。五月のわりに肌寒い。

実家に寄ろうか、それともまっすぐ空港へ行って土産物でも見て時間を潰そうか。そんなことを考えながら横断歩道を渡りかけたところで、「花谷さん？」と背後から声をかけられた。

前の会社のだれかかと思って振り向くと、知らない男性ふたりが立っていた。

「えっと……」

「イサミの友人です。お急ぎでなければ、ちょっとどこかでお話できませんか」

近くにあったチェーン店のコーヒーショップに入った。注文ができあがるのを待っているあいだに、ふたりは奥のゆったりとしたソファ席を取っていた。

「いきなりすみません。僕はイサミの大学時代の登山部の友人の谷川で、こっちは恋人です」

向かって右側に座る、短髪で角張った顔立ちの彼はさらりとそう言った。ひげを短く整えてアンダーリムの眼鏡をかけたとなりの彼も、ぺこりと頭を下げる。

「まあ、イサミは登山部にはほとんど顔を出さなかったんですけど。さっきお父さんの話にあったように、ひとりで登るのを好んだから。でも花谷さんは何度もイサミと登ったんですよね？」

「そうです」

「特別だったんですね」

「そうでしょうか？」自嘲ぎみな口ぶりになってしまった。

谷川さんはコーヒーをひとくち飲んでから私を見つめる。

「どうしてここに連れてこられたのか疑問に思っているだろうから、単刀直入に言います。あの子、ミツルの父親は僕なんです」

私の顔色の変化を見た谷川さんは、あわてて手を顔の前で振る。

「いや、想像されているような関係じゃなくて、スポイト法で」

「スポイト法？」

「紙コップに出したものを渡して、あとは自分でスポイトで――っていう。だからイサミには指一本触れていません」

谷川さんは声のボリュームを落として説明した。意味がゆっくり頭に染み込み、突沸しかけた激情が静まっていく。すると疑問が湧いてきた。

「……なんでそこまでして子どもを欲しがったんでしょう。イサミさん、子どもの話なんかしたことなかったのに」

「がんの再発の話は聞いてました？」

「いえ」

「ああ、なにも話していなかったんですね。再発が発覚して、あまり長くは保たないかもしれないとわかったときに、あなたを置いていくのは心苦しいからなにか残したいと考えたみたいなんです。それが子どもだったと」

　絶句して谷川さんの顔を見る。彼は気まずそうに私から視線を外した。

「そんな……独りよがりにもほどがある」

テーブルの木目を見つめ、絞り出すようにしてなんとか呟いた。

「本人もさすがに話が飛躍しすぎているとわかっていたんでしょうね。どう話せばいいのか迷って先延ばしにしているうちに、あなたとけんか別れしてしまったと聞きました」

　実際はけんかもなにもなかった。向きあうのが怖くて逃げた。

「谷川さんも、なんでそんなむちゃくちゃな話に乗ったんですか？」

「ゆくゆくは僕らも父親として育児に参加できれば……という下心があったんです。自分の血を分けた子どもを持てるチャンスなんて、そうそうないので。結局、イサミは子どもの父親について両親に話さなかったんで、いまのところタッチできていませんが」

　イサミさんだけでなく谷川さんも独りよがりだ。でも、話そうとしていたイサミさんから逃げて転職して連絡を絶った私だって、独りよがりだったじゃないか。

「妊娠で治療を制限しているあいだに転移が進んで、出産後は入退院を繰り返していました。イサミはお見舞いに来られることを嫌ったから、最後に会ったのはだいぶ前ですね。今日、久しぶりに対面してショックでした。あんなに縮んじゃって」

　私はすっかりぬるくなった紅茶を飲み、長くため息をついた。呆れているのか怒っているのか傷ついているのか、自分の感情を分類できない。

「……とことん自分勝手で不器用で頑固なひとでしたね」

「そうですね。でも、そこが好きだったんでしょう？」

弾かれたように彼の顔を見る。訃報を聞いた夜も葬儀のあいだもいちども出なかった涙が、つうっと流れた。

＊

深呼吸してからタトゥースタジオの玄関チャイムを押すと、「はーい」という女性の声がした。しばらく待つとドアが開き、ふたりの女性がすがたを見せる。髪をピンクやグリーンやパープルに染め分けて花柄のジャージを着た女性と、眼鏡をかけ黒髪をひとつに束ねてオフホワイトのニットにデニムパンツを合わせた女性。印象はまるで違うが、顔立ちじたいはほとんど同じだ。双子の女性が経営するタトゥースタジオです、とウェブサイトに書いてあったのを思い出した。

「予約していた花谷です」

「ようこそいらっしゃいました。上がって」

案内された部屋は中央に大きなテーブルがあり、iMac が二台並んでいた。壁には立派な角のある鹿の頭蓋骨が飾られている。張り出しの窓からさんさんと陽光が降り注いでいた。向かいの席に座るよう促される。

「まずはこれを読んで、問題がなければサインしてください」

黒髪のほうから誓約書とペンを手渡される。「タトゥーの施術を受ける判断を自分の意思で決定し、すべての責任は自分自身に帰属します」「アフターケアを指示どおりおこない、清潔に保ちます」「健康な肉体・精神状態にあります」「麻薬及びアルコール依存症ではありません」「暴力団や類似団体とはいっさい関係していません」などの項目に目を通し、名前と生年月日と電話番号、まだ馴染んでいない住所を記入する。

イサミさんの葬儀の翌々月に会社を辞め、東京の住まいを引き払って先月戻ってきた。「このまま東京にいる意味はあるんだろうか」と少し前から疑問を覚えていたが、イサミさんの死でもういいやと踏ん切りがついた。以前いた会社に戻ることも考えたけれど、フリーランスでやろうと決めた。自分の食い扶持ぐらい稼げる力はある。

「メールでは五センチ四方ぐらいのホワイトタトゥーって話だったけど、変わりはない？」

南国の鳥みたいなほうの女性に訊ねられた。

「はい」

ホワイトタトゥーは白いインクを使ったタトゥーで、アウトラインのみの筋彫りが一般的だ。一見すると傷痕みたいな線で、よくよく見ないとタトゥーとは気付かれないだろう。示威的に見せびらかす目的のタトゥーとは対極にある、自分のためのタトゥーだ。

「場所は？」

「二の腕の内側あたりで考えています。目立たないけど自分でいつでも見られる場所がいいので」

「だったら絵柄も自分のほうを向くようにしたほうがいいかな」

「そうですね」

「で、肝心の絵柄は？」

「植物です。高山植物。コマクサとかイワウメとかエゾノツガザクラとか、花がまとまって咲いている感じに」

「高山植物ね。私も好き。こんな山に近い不便なところに暮らしてるぐらいだし、スタジオ名のリンゴンベリーもコケモモのことだし」

「じゃあコケモモも入れてください」

「オッケー」

そのまま彼女がデザインをするのかと思いきや、もうひとりの黒髪のほうが iMac 上でイラストを描きはじめた。

「妹は和彫りもトライバルもかわいらしいワンポイントもなんでも描ける凄腕イラストレーターだけど、彫るのは私のほうが器用でていねいだから、分担してるの」

「へえ、見た目だと逆っぽいですよね」

「よく言われる」

しばらく雑談しながら待っていると、プリンタが印刷する音が聞こえた。

「まずはたたき台。ここから意見を聞いて修正していきます」

黒髪の妹から印刷したイラストを渡される。

わあ、と声が洩れた。迷いのないしなやかな線で描かれた花の群れは生命の息吹を発していて、見たとたんぱっと胸が華やいだ。玄関チャイムを押したときから感じていた緊張や不安が、するするとほどけていく。このひとたちに任せればだいじょうぶ、という安心感がこみ上げた。自分でデザインすることも考えたが、頼んで正解だった。

「イメージしてたよりもずっとすてきです！　でもこのコマクサはもっと目立たなくてもいいかも。もう少し全体的に大きくして、ごちゃっとした感じをなくしたほうが好きかもしれません」

何度か手直ししてもらい、デザインが完成した。ほかの部屋に移動する。今度は窓のないひっそりと静かな空間だ。転写紙に印刷し、消毒した肌に貼って絵柄を写した。歯科医院にある椅子のようなリクライニングチェアに乗る。彫り師は新しいニードルを出して装着するところを見せ、いよいよ彫りはじめた。カナリア色のアイラインに縁取られた瞳に真剣なひかりが宿る。

「どうしてタトゥー入れたいって思ったの？」

手もとに集中したまま訊ねてきた。

「うーん。自分の肌に彫った絵はどこにも行かないじゃないですか。ずっととどめておきたいものがあったんです」

捕まえることのできなかった、決して自分のものにはならなかったひとを、この肌に永久に閉じ込めたいと思った。イサミさんはハイマツに生まれ変わりたいと言っていた気がするけど、松はあまりかわいくないので却下だ。

谷川さんは自分が生物学上の父親であることをイサミさんの両親に明かし、今度両親と息子のミツルと近所の低山に登るらしい。いっしょに行かないかと誘われているが、返事は迷っている。実際にこの目で見ても、「イサミさんの息子」という存在をまだ受け入れられていない。

タトゥーは歳月とともに少しずつ滲んでいくという。くっきりとした傷痕みたいな白いラインがぼやけて不明瞭になるころには、いま抱えている思いも薄れているだろうか。それともずっと鮮烈なままだろうか。

「あんまり痛くないんですね」

「場所によるね。いちばん痛いのは足の裏かな」

痛みで脂汗を流しながら入れてもらうのだと思っていたが、むしろ心地よい刺激だ。痛みを期待する部分もあったので少し拍子抜けする。あくびを噛みしめた。マシンが一定の高さで奏でるじーっという音が眠気を誘う。

「寝てもだいじょうぶですよ」

目を瞑る。棺に納められた白い装束のイサミさんを思い浮かべる。実際には見ていない、火に包まれるところを。病と戦い尽くしたすがたではなく、私が全身で愛したときのすがたで。いつか私が死んで肌も骨も焼かれるときまではいっしょだ。

コンバッチ！

白いテーブルクロスに額をこすりつける勢いで頭を下げる脩平《しゅうへい》と両親の横で、その女性はカピバラみたいな眼でまっすぐ私を見据えていた。


「明日、うちの親が来るから。昼にホテルの中華予約してるんで、現地待ち合わせで」

脩平に告げられたのは前夜、ベッドでスマホを眺めながら寝落ちしかけているときだった。

「えっ、明日？　いつ決まったの？」

一気に眠気が吹き飛び、からだごと脩平のほうを向いた。遠方に住む脩平の両親がこちらにやってくる場合、いつもなら一ヶ月前には話を伝えられている。突然の来訪なんてこの十二年間いちどもない。

「や、なんか、急にこっちに用事ができたみたいで」

妙に歯切れが悪い。詳しく追及したかったが、脩平はごろんと背を向けて本を開いた。一頁も進んでいないうちに寝息が聞こえはじめる。私は脩平の手から文庫本を抜き取って枕もとに置いた。だいぶ白いものが増えた髪を指で梳《す》くように撫でる。

脩平の両親はよいひとたちだが、それでも会うとなると多少は気が張ってしまう。天井を見上げると憂鬱なため息が洩れた。去年ひとめ惚れして買ったけどほとんど出番のないツイードのワンピース、あれを着ていこうと決めて、なんとか気分を浮き立たせる。ホテルの中華なんて久しぶりだ。コース料理なんだろうか、ふかひれ食べたいなあ、前菜にクラゲとピータンが出ると嬉しいなあ、などと考えているうちに意識は眠りに溶けた。


翌日、待ち合わせの五分前にホテルのロビーから脩平に連絡を取ると、少し遅れるのでさきに店に入っていてほしいと言われた。中華レストランの入っているフロアにエレベーターで向かう。ていねいな物腰の店員に迎えられ、ふかふかの絨毯を歩いて奥の個室へ案内された。胡弓《こきゅう》が奏でるゆったりとした中国音楽のBGMが流れる空間にいると、食事への期待が高まってくる。このランチのために朝食を抜いていた。

脩平とその両親は十五分ほど遅れて入ってきた。

「お久しぶりです！　お元気でしたか？」

立ち上がり、よそゆきの笑顔をつくって迎える。

両親の後ろに見知らぬ女性がいることに気付いた。脩平に女きょうだいはいない。親戚だろうか。三人とも大きな紙袋を提《さ》げている。

「お荷物、こちらに置きましょうか」

「ううんいいのいいの。気にしないで」

義母はあわてて手を振って断り、紙袋を隠すように足もとに置いた。

「則子《のりこ》さんは私のとなりの席に座って。脩平はその横に」

義母の言葉から、私は謎の女性の名前を知る。則子さん。背が高くて薄い顔立ちの女性だ。黒髪をまんなかで分けているため、面長が強調されている。三十代半ばぐらいだろうか。ぬぼっとしていて、どことなくえたいの知れなさを感じた。円卓の私の左どなりは義母、そのとなりは謎の女、脩平、義父の順。並びに違和感を覚えつつ、私はドリンクメニューを横の義母に差し出した。

「お飲みものいかがします？　私はビールをいただこうかなと思ってるんですけど、紹興酒やワインもありますよ。ソフトドリンクもいろいろあるし、中国茶もいいですよね」

「苑香《そのか》さん、その前にお話ししなければいけないことがあるんです」

「母さん、それは乾杯のあとで――」脩平があわてたようすで遮《さえぎ》る。

「こんな気持ちで乾杯なんかできないわよ」

謎の女を挟んで言い争うふたりを私はにこにこと見守ることしかできない。「お話ししなければいけないこと」という言葉に胸が騒ぐ。

わかったよ、と脩平が言った。自分の膝に両手を置き、私をまっすぐ見る。

「え、なに？」

「苑ちゃん。離婚してください。このひととのあいだに子どもができたので」

離婚？　子ども？

「冗談？　え、ほんとなの？　どういうこと？」

とっさに立ち上がるが、どうすればいいかわからず、おろおろと揺れてから腰を下ろした。

「苑香さん、こんなことになってほんとうにごめんなさい！」

義母が急に芝居がかった大声を上げて頭を深く下げる。それにつられて脩平と義父も頭を下げた。女だけは姿勢を変えず、ぬめっとした黒い瞳で私を見ている。いたたまれず、私のほうから視線を逸《そ》らした。

夫婦間のセックスが完全になくなって五年以上経つ。十歳の年齢差がある脩平には締めた蛇口からぽたぽた水滴が出る程度の性欲しか残っていないと思っていたし、機能的にもできなくなっているのかもしれないと疑っていた。それがまさか、妊娠させるほどの旺盛さがあるとは。

「あの、このひとの歳、知ってます？　いま五十五歳で定年まで五年しかないんですけど。子どもが成人するころにはかなりのおじいちゃんになってますけど。それでいいんですか？不安とか、ないんですか？」

「苑香さんの心配ももっともだけど、私たちもできる限りの協力をするので。こんな年寄りでもまだまだ元気だから」と義母が横から口を挟んだ。

いや、心配してるわけじゃないんですけど、という言葉を呑み込む。義父に至ってはこの部屋に入ってからまだひとことも発していない。

「定年後も嘱託《しょくたく》として仕事は続けられるから」と脩平もかたい声音で言う。

「でも給料はがくっと減るって言ってたじゃない。それに嘱託でいられる年数も決まってるんでしょ？　だから定年後のことを見据えて生活の見直しを図らなきゃいけないねって話してたのに。だいじょうぶなの？　子ども育てるのってすごくお金かかるよ？」

言葉に詰まる脩平の代わりに、女が口を開いた。

「苦労ならいままでさんざんしてきました、独りで。脩平さんとふたりでならどんな苦労も耐えられます。たとえ脩平さんが病気で倒れても私がなんとかします」

カピバラみたいな眼からは想像もできない、凛とした強い声だった。横で聞いていた義母の眼がうるみ、ハンカチで洟《はな》をかむ。

「そもそもあなたはどこのだれですか？」

完全に気圧《けお》されつつ訊ねた。

「彼女は昼休みによく行く焼き魚屋の店員で……」

女の代わりに脩平が答える。

焼き魚屋。干物みたいな枯れたものを食べながら性欲を滾《たぎ》らせていたのか。

脩平はお世辞にも女性にもてるタイプではない。離婚やら妊娠やら以前に、そういう対象として見てくれる女性が私以外にいたことにまず驚く。ただのおじさんだ。しいていえば歩いているときに道を聞かれることが並外れて多いぐらい。人畜無害そうに見えるのだろう。実際、分け隔てなくやさしく親切だ。先月映画を観に出かけた際、道ばたで座り込んでいるおばあさんを見かけ、いちどは通り過ぎたものの「認知症で徘徊して困っているのかもしれない」と言って戻って、映画の上映時間に間に合わなかったことがあった。実際は家族の車を待っているだけで、頭のしゃんとしたおばあさんだったのだけど。

それ以前にも、通話しながらATMを操作しているお年寄りを見て特殊詐欺を疑い、説得を試みるも聞き入れてもらえず、近所の交番から警察を呼んだところ、詐欺ではなく電話の相手はほんものの息子だったということもあった。

ああそっか、やさしさや親切心があだになったのかも、と腑に落ちる。よその女が入り込む隙になったのかもしれない。

「いま住んでるところは苑ちゃんがそのまま住み続けていいから」

そのまま住み続けていいって、あのマンションの部屋は私の両親が生前分与のつもりで買い与えてくれたものだ。そりゃそうでしょ、と乾いた笑いが洩れる。

うつむくと床に置いてある紙袋が目に留まった。アカチャンホンポ、西松屋、メゾピアノ、プチバトー。一瞬のうちにそれらのブランドロゴが認識される。――ああ、いくら神妙なようすを見せていたって、さっきまで四人でショッピングをしていたのだ。生まれてくる子どものことを考えてうきうきと選んでいたのか。なにしろ両親にとっては諦めていたであろう初孫だ。息子に告白されたときは嘆いたかもしれないが、いまや期待のほうが上まわっているのだろう。

そう思うと一気に力が抜けた。私がここでいくらごねてもいまさら無駄だ。手遅れだ。服を買っているならすでに性別だって判明している可能性が高い。

「赤ちゃん、元気に生まれてくるといいですね」

降参を表明するようにそう言うと、脩平の両親はほっとした表情になった。

＊

昼間のカフェで世間話をひとしきり終えたあと、担当編集者の橋本《はしもと》さんは姿勢を正して口を開いた。

「離婚編、そろそろ終わりにしませんか？　回を追うごとに閲覧数が減っているんです」

「そうですか……。作者自身のリアルな離婚経験談、私だったら続きが気になってつい読んじゃう気がしますけど」

「一方的にやられるだけで胸くそ悪くて、すかっとする展開がないのが不評の原因みたいです」

「すかっとする展開――」

「世間はそういうのが好きなんですよ、相手をやりこめて正義が勝つみたいなのが」

「うーん、現実にはそんなのめったにないですけどね」

「そのとおりですよ、現実はうまくいかないから娯楽に求めるんです。あと、おちゃらけてテンション高く描いているのが、かえって痛々しくって読んでられないって声もありました」

「痛々しい、ですか……。きついなあ……」

エッセイ漫画『四十からやってみました』は現在私が抱えている唯一の連載である。今年で四十五歳になるから、五年めに突入したことになる。当初は紙の雑誌で連載していたが、途中からデジタルに移行した。

催眠療法、棺に入ってお経を上げてもらう入棺体験、化石発掘、スカイダイビング、ホステス体験入店、雀荘、選挙アルバイト、イタコの口寄せ、治験――。あれこれ取り上げてきたが、もう何年も前からネタ切れで苦しく、そろそろ終わらないかなと思っている。離婚ネタはひさびさに降って湧いた大ネタだった。恥をかき捨ててとことんしゃぶりつくそうと意気込んでいた。

「いっそ婚活編はいかがですか？　マッチングアプリとか街コンとか」

「いや、それはわざわざ私がやらなくても、ほかにレポート描いてるひとがいっぱいいると思いますし。そもそも結婚はもういいかなって」

「そうですか」

沈黙が落ちる。なんとなく気まずくてアイスティーのストローに口をつけるが、中身はほぼ飲みきっていて、ずずずっと音だけが響いた。

「そうそう、『クマノミ』また電子書籍で売れています。漫画紹介系のYouTuberが取り上げたらしくて」

『クマノミたちは水槽のなか』は私が十九歳のときに発表した作品だ。全五巻で、連載の長期化に拍車がかかっている現代からすると短い。とっくに忘れ去られていてもおかしくない作品だが、不思議と縁に恵まれ、とくに電子書籍化されてからはたびたびちいさな波が来ている。

設定は、生まれたときには性別がなく十五歳で自分の性別を選ぶ世界。海辺のまちに暮らす中学二年生の仲良し三人組の一年間を描いた作品である。ノスタルジーをかきたてる田舎の生活の描写と、思春期のナイーブでときに荒々しいこころの動き、ジェンダーの意味を問う展開を評価されることが多い。世に出るのが早すぎた作品だとか、いま読むべき漫画だとか、そういう言葉とともに紹介されがちだ。

「あとでそのYouTubeのアドレス、送りますね」

「お願いします」

正直言うと十九歳なんて前世のそのまた前世みたいなもので、いまさら褒められたところであまり嬉しくない。なにかに取り憑かれたように勢いにまかせて描いた作品で、自分が描いたという認識すらもはや希薄だ。

「この一作で消えた幻の漫画家って紹介していましたよ、そのYouTuber」

こちらを窺う橋本さんの眼差しが鋭く光った。

「……まあ、確かに消えたも同然ですよね」

へらへら笑いながら答えるとその光は消え、代わりに見下すようなニュアンスが眼に宿った。呆れなのか失望なのか。胸が一瞬ひりつくがすぐに治まった。

「今日はこのあとどなたかと会われるんですか？」と話題を変えてみる。

「ええ。きのめ先生と新作の打ち合わせを」

なるほど。たかが私と会うために出張するわけがない。香月《かづき》きのめはこの出版社を支える看板作家だ。同じまちに住んでいることは知っていた。

「私も期待してます、きのめ先生の新作」

「きのめ先生の新作の準備は順調です。それよりも離婚編のつぎのネタ、決めちゃいましょう。格闘技とかどうですか？」

「えっ、格闘技？」

さっき候補に挙がったマッチングアプリや街コンとはかけ離れた案に、意表をつかれた。

「私はあんまり興味ないんですけど、同棲してるパートナーが格闘技好きで。きのうも総合格闘技の試合を観に行ったみたいです」

「反射神経が衰えてる年齢で殴ったり蹴ったりはちょっと……。パンチドランカーも怖いですし」

「じゃあ組み技系ですね」

「組み技？」

「柔道とかレスリングとか」

「ああ、オリンピックで観るたびに、とっくみあいって人生でまったくしたことないからやってみたいって思いますね。オリンピック期間が過ぎたら忘れちゃいますけど」

橋本さんはスマホを取り出し、調べはじめる。

「うーん、柔道やレスリングは初心者の大人向けの教室はなかなかないみたいですね。そうだ、ブラジリアン柔術ならありそう」

「ブラジリアン柔術？」

「寝技中心の柔道みたいなものです。絞め技や関節技を極《き》めるんです。むかしブラジルに渡った日本の柔道家が現地のひとに伝えて、それが独自進化したそうです」

「なんとかグレイシーとか？」

「知ってるじゃないですか」

「いや、知ってるってほどでは――」

「あ、幸坂《こうさか》さんのお住まいのエリアにもいくつかあるみたい。体験会をやってるところもありますね。来週の金曜の夜、空いてますか？」

「空いてはいますけど、まだやると決めたわけでは」

「じゃあほかに案はあります？」

スマホから顔を上げた橋本さんにつめたい声音で問われ、言葉に詰まる。

「えっと、運動系だったらバレエとかフラダンスとか……」

「ダンスは前に社交ダンスをやったので却下です」

話しながら橋本さんはスマホを操作している。

「体験会、幸坂さんの名前とメールアドレスで申し込んでおきました。あとで連絡が来ると思います。来週の金曜の午後七時、忘れずに行ってくださいね」

「……はい」

押し切られてしまった。私の人生こんなことばかりな気がする、と諦念のようなものを感じた。

橋本さんと別れると、どっと疲れを感じてすぐそばにあるベーカリーに入った。イートインコーナーでカスタードクリームの入った甘いペイストリーをかじりながら、スマホで普段はめったにやらないエゴサーチをする。なにしろいつも反応がなさすぎて検索する意義を感じられないのだ。

『四十からやってみました』と検索窓に打ち込むと、めずらしく新しい投稿がいくつか表示された。おっと声が洩れる。だが、読み進めるにつれ眉間にしわが寄った。

『作者がばかすぎていらいらして読んでいられない。財産分与の放棄とか、なんでってことばかり。めんどくさいからって思考停止ではいはいって相手の言うこと全部呑んで、まったく共感できない』

『懐の深い人間ぶってるけど逃げてるだけだよね』

『そりゃ万事がこんな調子だったら浮気されるのもやむなしって感じ。同情の余地なし』

それ以上読むのはやめた。明日の朝食のつもりで買ったドライフルーツの天然酵母パンも、袋から出して食べはじめる。

いま掲載されている最新話は、離婚届に記入したときのエピソードだ。

あの中華レストランでの一席のあと、私と脩平はいったん自宅マンションに戻り、必要事項を話しあった。時間が経ったいまとなっては、あれが話しあいと呼べるものなのか甚だ疑問だ。虚脱した状態のまま、彼の言いぶんをひたすら呑んでしまった。

「できれば裁判には持ち込まないで話しあいで決めたいけど、どうでしょう。裁判になると半年とか一年とかかかるらしいから、そのあいだに出産すると非嫡出子扱いになるし」

ダイニングテーブルに向きあって座り、脩平は切り出した。前夜ここで食事をしたときは、こんな事態になるなんて想像もしていなかった。確か、近所に新しくできた回転寿司に今度行こうと話していたはずだ。あのとき、脩平はいつもどおりの顔をしながら頭のなかではこの話しあいのシミュレーションをしていたのだろう。あまりのスピード感にくらくらする。

裁判、という言葉を聞いただけで疲労感が倍増した。決まったばかりの離婚にダメージを負っているのに、そんな気力体力を要すること、とても耐えられそうにない。銀行口座や運転免許証の名義変更、電気代などの振り込みの変更、そのほかめんどうなことが多々待っている。

「慰謝料として三百万を用意するので、金銭面はそれでもろもろ見てほしい」

「えっと、財産分与はしないってこと？」

うろ覚えの知識を引っ張り出した。確か、婚姻生活のなかでつくった財産を公平に分けあう制度があったはずだ。

「財産といってもここはきみのお父さん名義で不動産はないし。家具や家電は置いていくよ」

「車は？」

「運転しないのに欲しい？」

「まあ、いらないかな……」

「そうだよね」

「貯金は？　ぶっちゃけ、いまいくらあるの？」

「それは……。今後、子どもが生まれるにあたって物入りだから。さっき言ったように三百万を受け取ってもらえないかな」

　脩平はなにかと勝手にものごとを決めがちだった。年齢が離れているし、漫画家以外は飲食店やデータ入力のアルバイトぐらいしか職務経験のない私では頼りないのだろう。めんどうなことは仕事が細やかで早い脩平にまかせておけばいいや、と怠けていた部分もある。しかし、その大きなツケを払わされている。

　さすがにここは粘るべきではと思うが、一刻も早く布団にもぐって十時間ぐらいこんこんと眠りたかった。

　私の記入欄以外はすべて空白を埋めている離婚届を脩平が取り出し、一気に迫る現実感に唾を呑み下した。脩平が差し出したボールペンを握ろうとしたが、手が震えて落とす。用紙はぐらぐら揺れる視界のなかで近づいたり遠ざかったりして、文面をまともに読めない。脩平の顔ではなく壁の時計を見て呼吸を整えた。この時計を買ったときも脩平が候補をリストアップしてそのなかから選ばせてもらった。

「気になることは山ほどあるけど、訊いたら訊いたで後悔しそうだから、ひとつだけ。いつからつきあってたの？」

「……五年前から」

「五年前、かあ」

金沢旅行に行ったときも、義母が骨折して入院したときも、ずっと陰であの女と関係を育んでいたのか。はじめて涙が出た。ぽたっとしずくが離婚届に落ちて、「届出人」の「夫」の欄に書かれた名前が滲《にじ》んだ。

翌日から私は三日間ビジネスホテルで過ごした。そのあいだに脩平には荷物をまとめて出て行ってもらった。以来、元夫とは会っていない。


金曜の夜、地下鉄の座席に座るとスマホをバッグから取り出して、習慣化された操作であの女のSNSを開いた。薬指に銀色の指輪が嵌《は》まった左手を、丸くなったおなかに添えている写真が表示される。

『ずっと独りで生きていくものだと思っていたけど、奇跡が起こって三人で生きていくことになりました。#妊娠六ヶ月 #プレママ #マリッジリング #ずっとよろしくね』

先週これが投稿されてからすでに三十回は見ている。インド綿らしきワンピースの柄の細部まで記憶してしまい、見なくても模写できそうだ。曲線が特徴的な結婚指輪のブランドもすでに特定している。私のときの半額以下であることに優越感を覚えるが、すぐにむなしさに変わる。

その前の投稿は、新居のダイニングテーブルに飾った花の写真。この写真の窓の外にちらっと見える変わった外観のビルをヒントに、Googleのストリートビューと見比べてマンションを突き止めることができた。不動産情報サイトで家賃と間取りも調べてある。若い同棲カップルが住んでいそうな物件だ。平米数は私の住まいの半分近い。いまはよくても子どもが育ってきたら手狭になるだろう。駅から遠く築年数も経過している。マンションの前まで行ってみようかと何度か考えたが、いまのところ思いとどまっている。

車内放送で駅の名前が告げられ、立ち上がった。駅を出てスマホで地図を確認して歩きながら、気が重くなっていく。格闘技ジムなんていかつい男性しかいないんじゃないのか。私みたいなただのおばさんが足を踏み入れたら、ぎろりと睨まれたり鼻で笑われたりするんじゃないのか。悪い状況をあれこれ想像しているうちに雑居ビルに着いてしまった。

看板の出ているドアの前で呼吸を整える。意を決してドアを開けた。

入り口の横のカウンターで作業している男性に声をかける。

「あの、体験会に申し込みました、幸坂といいます」

「幸坂さんですね。お待ちしていました。インストラクターの小田切《おだぎり》です」

にっこりと笑顔を向けられた。白い道着に黒帯を締め、眼鏡をかけている三十代前半ぐらいの男性だ。道着は似合っているが、スーツのほうがしっくりきそうな雰囲気だと思った。格闘家のイメージからはかけ離れている。

身長を訊かれて答えると、道着を奥から出して持ってきた。

「あちらの更衣室で着替えてきてください」

更衣室に入り、持参したTシャツの上から道着を着た。締めかたを教えてもらって白帯を締める。マットでは白や青や黒の道着を着たひとたちが、談笑したりストレッチしたり技の練習らしきことをしたりしている。道着は刺繍やパッチで装飾され、柔道着よりも自由でファッショナブルなデザインだ。

「じゃあそろそろ集まってください」

小田切先生の呼びかけで集まってきた会員たちは、先生と向きあうように一列に並んで正座した。私はそのいちばん端に座り、体験会に参加する幸坂さんですと紹介される。

「姿勢を正して、黙想！」先生の言葉に、眼を閉じてうつむいた。「よろしくお願いします！」と全員の声が重なる。

「まずは準備運動から」

マット上に輪になって広がり、先生の指示にしたがって見よう見まねでからだを動かす。背を床につけて足をまわしたり、片方の肩をつけてブリッジしたり、足を天井に向けて伸び上がって空中で横座りのような体勢になったり。

「移動稽古に入りましょう」

前転、肩に耳をつけてまわる首抜き後転、横回転。さらにエビ、カニ、ワニ、ゴリラ、犬と生物の名前がついた動作が続く。先生に続いて会員たちがマットの端から端まで移動するのを、なんとか真似しようとする。マット運動なんて高校の体育の授業以来だ。久しぶりだからかそれとも加齢で三半規管が衰えているのか、やたら眼がまわって壁を伝い歩きして戻らなければいけなかった。

抱いていた格闘技のイメージと違い、子どもの体操教室みたいな雰囲気に緊張がほぐれていく。それなりにできているつもりの動きもあれば、ぶざまにうごめくしかできない動きもあった。着慣れない道着はかさばって動きづらい。息が上がる。スポーツジムに通ったりランニングをしたり、それなりに運動はしているが、普段まったくやらないムーブにからだが驚いている。

「最初はうまくできなくても、通っているうちにみなさんすぐにできるようになりますよ」

そう言われるが自分に限っては信じられない。年齢をべつにしても、もともと運動神経のよいほうではない。体育の授業だってできないことだらけだった。

休憩を挟み、テクニックのレクチャーに移った。

「今日はクローズドガードからの三角絞めをやっていきます。三角絞め、聞いたことありますか？」

「名前ぐらいは……」

「柔術では基本的にボトムポジションといって下にいるひとと、トップポジションといって上にいるひとの攻防になります。ボトムはガードをつくって関節技や絞め技やスイープという上下をひっくり返すことを狙い、トップはそのガードを突破して抑え込みなどを狙います。ガードはいろいろあるんですが、大まかにオープンガードとクローズドガードに分けられます。三好《みよし》さん、お願いします」

紫色の帯をつけた私よりも年上に見える男性が、先生の前に出てきた。ごろんと床に背をつけた先生の脚のあいだに、三好さんと呼ばれた男性が正座する。先生は両脚を伸ばして三好さんの腰を挟み、背にまわして足首をフックのようにして組む。

「これがクローズドガードです。できるだけ隙間をなくして密着するように。この体勢に入ると、相手は背を張って抵抗してきたりします」三好さんが先生の帯に両手を置いてぐっと上体を伸ばした。「なので襟を摑んで引っ張って、同時に脚を引きつけて相手を前に煽《あお》ります」三好さんがバランスを崩して床に手をつく。

「まずはここまでやってみましょう。幸坂さんはアンさんと組んでください」

青帯の白人女性を指名されて少しうろたえた。英語なんてまったくできない。だが、よろしくお願いしますと流暢な日本語で言われてほっとした。まずはアンさんがやって私は受け手になり、何セットか繰り返してから交代する。

「幸坂さんはお尻を浮かせてアンさんにもっと近づきましょう」

言われたとおりにするが体格差があり、組んだ足がつりそうだ。緑の瞳がぐっと近づく。頰に散らばるそばかすまでよく見える。こんなに他人と接近したのって、いつ以来だろう。

道着ごしに肉づきを感じた。柔軟剤の香りが鼻をくすぐる。外れそうになる足をこらえて襟を強く引っ張ると、三つ編みにした赤毛がふわっと私の胸にかかった。『赤毛のアン』だなと一瞬思う。

「では続きに移りましょう」

先生と三好さんがさっきの体勢になり、続きを実演する。

「片方の手を摑んでパンチするように押し込んで、足を解いて天井に向かって伸ばします。相手の腕を一本なかに入れた状態で肩の上で両足をクロスします」

三好さんの頭と片腕が先生のふとももに挟まれた。

「自分のすねを持って足を引き寄せて、立てた足首をフック状にしてもう片方の脚を乗せます。脚の隙間をできるだけ狭くして、相手の頭を引きます」

絞められた三好さんが先生の腕をぽんぽんと軽く二回叩き、脚が解かれる。

各自練習に移った。しかしすぐにわからなくなり、先生に教えてもらう。こんな複雑な工程、いまはひとつひとつ確認しながらもたもたとやっているけど、いざというときにすばやく繰り出せるのだろうか。そもそも憶えられる自信がない。

「アンさんはどこの国から来たんですか？　えっと、ホワットカントリーアーユーフロム？」五回ほど同じ動作を繰り返してから訊ねてみた。

「ああ、カナダです」

「どこのシティですか？」

「トロントです」

そっか、さすがにプリンスエドワード島ではないか。

一時間のクラスが終わった。最初と同様に並んで先生と向きあって挨拶をする。握手するように手のひらを合わせ、こぶしをこつんとぶつける挨拶を全員と交わした。

着替えたあとに小田切先生から会員システムの説明を受けた。体験会だけで漫画は描けるだろう。だけど「入会します」という言葉が口から出ていた。脩平が出て行った部屋はがらんとしていて静かだ。脩平の出勤や帰宅に合わせていた私の生活リズムはいまやぐちゃぐちゃになっていた。通う場所があれば生活も多少は整うだろう。

道場を自分の場所としてリラックスして過ごしている会員たちを見て、素直にいいなと感じていた。新しいことをはじめなければ自分はずるずる駄目になっていくという焦りもあった。


コミュニティに馴染むのは労力と時間がいる。私は人懐っこいタイプではないし、会員は圧倒的に男性が多い。親切に教えてくれるひとは多いけど、自分はまだこの場では「お客さん」だと痛感していた。いつか「仲間」になれるんだろうか。

二ヶ月経っても、なにがわからないのかすらわからない、そんな状態が続いた。自分に課した週一回のノルマすら重荷に感じることもある。辞めてしまおうかとも考えたが、「ブラジリアン柔術をやっていました」とひとに言える程度にはできるようになってから、と思い直す。いま辞めたら挫折感だけが残ってしまう。

道場に向かうには、えいやっと気持ちを奮い立たせる必要があった。朝起きたときは行くつもりでも、のろのろしているうちに時間が過ぎて諦める日もある。家を出ても地下鉄駅の階段を上りながら「帰ろっかな」とふと思ったりもする。そのたび、これも社会復帰の訓練、と自分を奮い立たせた。

現在の漫画の収入は微々たるもので、それだけでは生活が成り立たない。結婚していたあいだは脩平の収入に頼っていた。分譲マンションで家賃はかからないとはいえ、管理費や修繕積立金はかなりの負担である。現代社会は息をしているだけでさまざまなお金がかかる。いまは貯金を取り崩しているが、なるべく早く仕事を見つける必要があった。正社員の経験がなく、長いこと外で働いていない私には、極力先延ばしにしたいおそろしいことだ。道場の費用だってばかにならない。毎月引き落としの連絡メールが届くたび、やめるべきだろうかと気持ちが揺らいだ。

技を先生から教わって練習するテクニックのクラスのあとには、オープンマットといって自由にスパーリングをする時間がある。少し前から参加しはじめたけど、どう動けばいいのかまったくわからず、相手をしてくれるひとに申し訳なかった。教わったばらばらのパーツをどう組み合わせて流れをつくっていくのか、いまだ競技の全体像すら捉えられていない。

それでも会員の顔と名前はだいぶ憶えて、私の名前を呼んでくれるひとも増えてきた。

体験会のときにいた紫帯の三好さんはほぼ毎日道場にいた。昼練、夜練と一日に二回来る日も多い。いない日は「あれ？　三好さんは？」とほかの会員たちは落ち着かないようすだ。その翌日は「きのうはどうしたんですか」と複数人に訊ねられている。

「知ってます？　三好さん、有名な会社で部長やってたのに柔術のために辞めたんですよ」

小田切先生が笑いながら私に話してきた。

「ええっ、柔術のために？」

「仕事のせいで練習できないのがばからしくてね。いまは深夜の警備員。このあと仕事に行って、帰って寝て起きたら昼練。で、道着洗ってめし食べてひと眠りしたら夜練」三好さんはごく普通のことのように言う。

「家族はよく認めてくれましたね」と先生。

「いや、奥さんは子ども連れて出て行っちゃった。まあ、僕にとっては柔術がいちばん大事だから結果オーライだけど。間違いなくいまが人生でいちばん充実してるね。柔術が僕をハッピーにしてくれたよ」

三好さんは晴れやかな笑顔で言ったが、その場にいたひとたちの表情は引きつった。

「柔術ジャンキーじゃないですか……」とひとりが言って、その場はなんとなく笑い話で終わったが、以来、三好さんの評価は強くて練習熱心なおじさんから強くてヤバいおじさんに変わってしまった。

ほかには、高校生の息子と通っている堅山《かたやま》さん。堅山さんは中高大と柔道をやっていて、インターハイではそこそこの結果を残したらしい。四十代のいまでも頑丈そうな体格をしており力も強い。

思春期まっただなかの息子の和希《かずき》くんは父親への対抗心のこもった険しい表情で果敢に挑むが、堅山さんは決して手加減しない。「息子にはまだいちども極められていないから」が堅山さんの口癖だ。

和希くんがデラヒーバガードからバックにまわり、送り襟絞めを狙おうとする。あ、と私は呟いた。「思いっきり絞めろ！　へし折るつもりでやれ！」とベンチで休憩しているひとが声をかける。しかし堅山さんは首をしっかり守っている。和希くんがいらいらと襟を掴み直しているうちに堅山さんはバックから逃げて、がばっと抑え込む。逃げようとエビの動きをする和希くんの腕を取り、腕ひしぎ十字固めを仕掛けた。しばらく抵抗していたがクラッチが切れて腕が伸びる。和希くんは悔しそうな表情で床を一回タップした。

「お父さん、大人げないなー」と野次が飛ぶ。

「こういうのは手を抜いたほうが失礼だから！　教育によくないから！」

荒い息遣いのあいまに堅山さんが主張した。

そうかなー、と周囲は笑っている。

体験会のときに練習パートナーになってもらったアンさんは歴史学を学ぶ留学生で、本国にいたときに柔術をはじめたとのことだった。北米ではとくに西海岸で盛んで、サーフィンやスケートボードと並んで愛好されているらしい。お菓子づくりが趣味だがダイエット中で、ピーナッツバタークッキーやバナナブレッドなどをときどき道場に差し入れしている。先日は「日本のトラディショナルなお菓子をつくってみました」と言ってお重にぎちぎちに詰めたおはぎを持ってきた。並みの日本人男性より力が強く、タックルが得意だ。

練習の帰り、地下鉄でやっぱりあの女のSNSをチェックしてしまう。『夫の両親がベビーベッドを贈ってくれました！』と画像を投稿していた。このまま出産、子育てと見守り続けるのだろうかと思うと暗澹《あんたん》たる気分になった。嘆息してSNSを閉じ、メモアプリを開く。今日習った技の手順を思い出して書き込んだ。

編集者の橋本さんに呼ばれ、喫茶店に来ていた。おそらく今回も看板作家の香月きのめとの打ち合わせのついでだろう。きのめ先生の新作はスタートと同時に大きな話題になっている。

「きのめ先生の新連載、すごいですよね。序盤から急展開で、どういうジャンルの漫画なのかすらまだわからなくて、でもめちゃくちゃに面白くて。あんな話、どうやって思いつくのか……」

「幸坂さん。今日は大事なお話があって来ました」

橋本さんのあらたまった口調にどきりとする。

「えっと、なんでしょう？」

「このたび大幅リニューアルすることになりまして。それにともない連載の見直しを図って、幸坂さんの『四十からやってみました』の終了が決まってしまいました。私は続けたかったんですが、力及ばず……。すみません」

橋本さんが頭を下げる。

「いえ、確かにマンネリでしたし！　しょうがないですよね。そっか、連載終了かあ。いつまでですか？」

「あと四回です」

「四回……」

次回はすでに取材を終えていて、そのつぎの回もネタは決まっていた。なんとか最後までは行けるだろう。

「正直、もう終わってくれって思ったこともありますけど、いざ終わるとなるとさみしいもんですね。これで私も漫画家卒業かなあ」

悲壮感が出ないよう、冗談っぽく笑いながら言った。

「そんなこと言わないでください」橋本さんが眉間にしわを寄せる。

「だってほかに依頼とかないですし。仕事さがさなきゃ。離婚した段階でなんとかしなきゃって思ってたんですけど、先延ばしにしていたので。この年齢からだとどんな仕事なら雇ってもらえるんですかね。とりあえず、近所のクリーニング屋に求人の貼り紙があったら面接受けようかな」

「……幸坂さん、私が幸坂さんの担当になったのは『クマノミたちは水槽のなか』を思春期のときに読んで感銘を受けてずっと特別な作品だと思っていて、それで幸坂さんをうちの雑誌にと上にかけあったんです。ストーリー漫画、久しぶりに描きませんか？」

ひとまわり以上年下の橋本さんの熱意が眩しくて、熱意のかけらも残っていない自分が恥ずかしくなり、視線を逸らした。

「『クマノミ』みたいな作品を期待されても……。あれは若気の至りというか、若さゆえの勢いで描いたものなので」

「十九歳の幸坂さんじゃなくて、いまの幸坂さんが描いたものが読みたいんです」

強い口調で言い切られる。

私はなにも返せず、テーブルの木目をじっと見つめた。

練習中に突然、天啓を受けたように柔術がどういう競技なのか理解した。ボトムポジションはガードを駆使しながらスイープを仕掛け、トップポジションはテイクダウンやパスガードを狙い、どちらも最終的に極め技でタップを奪うことを目指す競技、ということは頭ではわかっていたけれど、その芯を捉えられた気がする。試合用のルールブックを読むとさらに理解は深まった。ただの準備運動だと思っていた基本ムーブも、ひとつひとつが意味のある実践的な動きだといまならわかる。

それまでは週一回のノルマを自分に課して通っていたが、週四回まで増やした。やればやるほど習得したい技が出てきて際限がない。ほんとうは週七でもやりたい気分だけど、疲労が溜まると動きが悪くなるし怪我にも繋がるから抑えている。日々増えていく青あざも勲章のようで嬉しい。

以前は一、二本でやめていたスパーリングも時間いっぱいやるようになった。はじめての相手だと、このひとはどんなスタイルの柔術をやるんだろうとわくわくする。

「百人いたら百とおりの柔術があります」と小田切先生は言った。

「一人ひとり体格や身体能力が違うので、できることとできないことがあって当然です。習ったテクニックから好きな技、得意な技を取り入れて、ときには新技を開発して、自分だけのスタイルをつくり磨き上げていく、そんな創造性が柔術のよさのひとつです。みなさんも自分だけの柔術をつくってください」

まだまだ手さぐりな私でも、好んで使う技はいくつかある。ラッソーガードから相手の足首を摑んで潜ってお尻を天井に向けて上げ、勢いよく脚を振り下ろしてスイープを仕掛けたら、「あ、幸坂さんの得意技」とベンチで休憩していただれかが言った。諦めずに何度か脚を振り下ろすと、自分より二十キロは重い相手のからだが宙に浮き、マットに叩きつけられる。そのまま抑え込んで、膝をみぞおちに乗せてニーオンザベリーの体勢になった。さらにマウントポジションへ移行し、襟に深く手を差し込んで十字絞めを狙う動きを見せ、それを阻止しようと首に添わせた相手の手を取って腕十字に持っていく。クラッチが切れて、さあフィニッシュ、というところで相手が回転して逃げてしまった。

練習を終え、更衣室で着替えてからスマホをチェックすると、担当編集者の橋本さんからメールが来ていた。

『先日お話ししました、ストーリー漫画の件はいかがでしょう。まだプロットになる前のアイデアの状態でいいので、ご相談いただけますと嬉しいです』

スマホをジーンズのポケットにしまい、うーんと唸《うな》る。漫画のアイデアどころか、いまは柔術のこと以外は考えられそうになかった。

雑居ビルの外に出ると汗ばんだ肌が新鮮な空気に包まれて、心地よさで溶けてしまいそうだ。いっぱいからだを動かした充実感で、頭のなかもさっぱりしている。道場に着くまでは今後の不安で気が滅入っていたのに、帰りはどうにかなるでしょうと楽観的になっていた。精神衛生にはとてもよいけど、人生設計にはどうなんだろうとちらりと頭をよぎったが、すぐに風に流れていく。

喉が渇いているのでフルーツジュースの店に入ろうとする。だが、考え直してコンビニでプライベートブランドのミネラルウォーター九十八円を買った。この値段すら惜しい。

脩平から振り込まれた慰謝料三百万円は、新たにつくった銀行口座に入れた。それに手をつける前に今後の生活のめどをつけなければ、と思っているだけで、なにもしないまま貯金はじわじわ減っていく。


ある日、道場に入ると見たことのない茶帯の男女がいた。

「出稽古にいらっしゃった清水《しみず》さんです」と先生が紹介する。

ブラジリアン柔術には出稽古カルチャーがあって、よその道場に所属するひとが練習に参加することを受け入れている道場が多い。出張のついでにその地の道場をおとずれることもめずらしくない。海外旅行のついでに飛び入りで参加するひとだっている。たとえ言葉がわからなくても、はじめに手のひらとこぶしさえ合わせれば、あとは技の攻防が共通言語になってくれる。

「清水です。新婚旅行で日本全国の柔術道場をまわっています。よろしくお願いします」

背は平均的だが厚みのある体型をした短髪の男性と、小柄で栗色の髪をポニーテールにした女性だ。ふたりとも三十代前半ぐらいだろうか。

知らない茶帯に会員たちは興味津々で、休む間なくスパーを申し込まれていた。男性のほうは力が強いらしく、タックルや密着系のパスガードでごりごりと押し進めていく。女性のほうは上衣の裾を使うラペラ系の技を器用に使いこなしている。

私も女性にスパーを頼んだ。お願いします、と言って手のひらとこぶしを合わせて、すぐに引き込んで下になる。体型に反してベースが強くて崩そうとしても隙がない。反応が速く、私が試そうとする技は先読みされてことごとく阻止された。あっというまにパスガードされてサイドポジションを取られ、逃げようと両手でフレームをつくってエビとブリッジをしているうちに裾を引っ張り出されて、それを首に巻かれて袖車の要領で絞められる。強烈な苦しさで床をばんばんばんと叩いた。

ひととおり会員と組んだあとは、夫婦でスパーをはじめた。呼気が混ざるほどの至近距離で見つめあい、相手の頭のなかを読み、わずかな重心の移動を感じ取って展開を仕掛ける。ふたりの口もとに同時にふっと笑みが洩れた。

言語に頼らない、濃密なコミュニケーションだ。

私も脩平と柔術をやっていたらあんな結末にはならなかったかもしれないな、とふと考える。

柔術はただ力まかせに動くのではなく、相手の重心を利用するものだ。引いたり押したりして揺さぶりをかけ、相手の体重が自分に乗ったところで一気にひっくり返す。こう動いたら向こうはこう出るはずだという予測と、相手が隙を見せる一瞬を逃さない観察力が求められる。

私は脩平のことをちゃんと見ていただろうか。——あんな事態になるまで気付かなかったぐらいだ。なにも見ていなかったのだろう。

その日の帰り、地下鉄でうとうとした一瞬に脩平の夢を見た。「おいしい蕎麦屋があるから」と脩平に誘われて出かけるが店が見つからずさまよい歩く、そんなたわいのない夢だ。

駅名のアナウンスではっと起きて立ち上がりながら、そっか脩平と蕎麦屋に行くことすら二度とないんだ、とぼんやり思う。現実を受け入れたつもりでも、脳の夢を司る部分は追いついていないらしい。

いや、そもそも受け入れられていないのだ。やむなく認めざるをえない、というだけで。彼の裏切りよりも、想定していた道のりがすべて白紙に返ったことに私はまだ愕然《がくぜん》としている。十歳年上の脩平の老いを追うように年齢を重ねて、看取り、自分の人生を終える、そんな将来をみじんも疑っていなかった。

柔術では変化していく状況を把握して、すばやく柔軟に対応する必要がある。まだぜんぜんできていない私だけど、現実の変化に対応する難しさに比べれば、なんとかなりそうな気がした。

ずっとやらなければと重荷になっていたことを解決するため、脩平にメールを送った。

『ごぶさたしております、苑香です。うちの鍵、まだそちらにひとつあると思うので、返していただきたいです。近々会える口はありますか？　ご検討いただけますとさいわいです。よろしくお願いいいたします』

わざとらしいほど他人行儀な文面を痛快に感じた直後、むなしい風が胸に吹いた。

実際のところ鍵なんて郵送でいいのだが、私には計画があった。

すぐに返信が届いた。レスポンスの早さが彼のいいところだった、といまさら思い出す。

『こちらこそごぶさたしております。鍵の件、承知いたしました。今週の土曜の昼はいかがでしょうか。場所はご指定ください』

負けず劣らず他人行儀な文面にいらっとする。それと同時に、傷つかなかった自分に安堵した。

家の近くの店を指定するメールを送る。昼間はカフェ、夜はバーとして営業している店だ。結婚して二年ぐらいは金曜や土曜の夜によく行ったけれど、いつのまにか足が遠のいていた。

当日の昼、五分ほど遅れて行くとすでに脩平が来ていた。数ヶ月ぶりに会った元夫を遠くから眺めながら、こんな顔だったかなと思う。少し痩せただろうか。それとも太っただろうか。それすらよくわからない。

脩平がこちらに気付き、互いにぎこちなく頭を下げた。案内しに近づいてきた店員に私は

「あの、あっちの席に移っていいですか?」といちばん奥のテーブルを指して告げる。

脩平とその席に座り、飲みものを注文した。

「遅れてすみません」

「いえ。これ、鍵です」

脩平が封筒を差し出す。

「確かに受け取りました。……もう産まれた?」

「いや、まだ。来月の上旬の予定」

「そっか」

訊かなくてもあの女のSNSをチェックしているので知っていた。

店員がふたりぶんのアイスコーヒーを持ってきてテーブルに置いた。しばらく沈黙が流れる。正面の壁に貼られたポスターや角に置かれた観葉植物を眺め、私から口を開いた。

「この席に座ることも、もうないかな。前は定位置にしてたよね、ここ」

「ああ、うん……」

私を警戒しているのかかたい表情だった脩平も、遠くを見るような感慨深げな面持ちになり、眼にわずかに寂しさが差す。

壁に向かって横並びに座るこのテーブルはどこからも見えない死角になっていて、あいているときは必ずここに座った。当時と同じようにBGMにはビートルズが流れている。

新婚のある夜を思い出す。気分よく酔った私はくすくす笑いながらとなりに座る脩平に腕をまわし、髪をかき混ぜるように撫でて頭を引き寄せた。

「ひとが来るかもしれないから」

と脩平はたしなめ、私の手を外そうとする。

「だれも来ないよ」

私はさらに笑って顔を寄せる。犬や猫のように鼻さきをこすりあわせ、くちびるを重ねる。

「こういうことは家に帰ってから……」

脩平は言葉では拒むが、私のキスに応じる――。


「ねえ、脩平」

現実に戻った私は右に座る脩平に手を伸ばした。彼もむかしのことを思い出していたのか、ぼんやりとした眼でこちらを見る。

「苑香、もうこういうことは――」

言葉とは違い、抵抗するそぶりは見せない。私は後ろからまわした右腕を瞬時に彼の首に巻いて深く食い込ませ、手を左腕の肘の内側に挟む。左手首を返し、彼の首の後ろを前に押し出した。隙間をなくすように密着してぐっと上体を縮める。

リアネイキッドチョーク、日本名は裸絞め。

「く、くるし……！」

脩平がばんばんと私の腰のあたりを叩いた。手を離して解放してやる。

「なにそれ、なんでいきなり……」

首を押さえ、はあはあと息をしながら怯えた表情でこちらを見る彼に、私はあははと笑った。

「じゃあ帰ります。お会計はよろしくね」

店を出ると足が自然に駆け出していた。信号が点滅している横断歩道を渡り、雲の切れ間から差し込む陽光を全身に感じながら、風を切って疾走する。


夏が来た。冷房が稼働しているものの追いつかず、道場の空気は水滴に変わってしまいそうだ。動くと大粒の汗がぼたぼた落ちた。互いの汗がかかるのも気にせず、抱きあってごろごろとマットを転がる。

道場にいると自然と頬が持ち上がって笑顔になった。今日もここに来られた、という安堵のようなものがこみ上げる。いつのまにか自分にとって欠かせない場所になっていた。

学生もフリーターも経営者も主婦も、無口な若者も社交家のおじさんもタトゥーがびっしり入っている強面も、ここでは平等で同じ仲間だ。帯色による上下はあるけれど、熟練度を示すもので、人間としての上下とは関係がない。とっくみあいが好き、からだを動かして密着して技をかけあうのが楽しいという共通点があって、それがすべてだ。

絞め技や関節技を狙う攻撃的な競技なのに、ぎすぎすした空気はなかった。大事な練習相手なのだから、お互い怪我をさせないように気遣って動くことが求められる。相手を壊しかねない関節技はスパーリングでは強く極めすぎない。タップされたらすぐに技を解く。

寝る前にスマホでYouTubeを開き、柔術のテクニックを解説している動画を再生した。次回のスパーではこのゴゴプラッタという技を試してみよう。足の脛や甲を頸動脈に押し当てて絞めるフットチョークだ。動画で見る限り、少ない動作でセットアップしているので私にもできそうに思える。実際にタップを奪えるかどうかはやってみないとわからないけど。

そういえば、しばらくあの女のSNSをチェックしていない。もう出産しているはずだ。見ようかな、と一瞬迷うがどうでもいいやと思い直して柔術動画に戻った。


地元で大会が開かれることが発表された。まだ早いかもと悩んだけど、たとえ負けても今後の練習の糧《かて》になるだろうからとエントリーした。

ブラジリアン柔術の試合は帯色、年齢、体重で細かくカテゴリが分かれている。階級別の部門に出る限り、熟練度がまったく違う相手や、若くて元気いっぱいの相手や、ひっくり返せないほど大きい相手と当たることはない。できる限り対等な相手と対戦できるフェアな競技だ。とはいえ、同じ階級に対戦相手がいない場合は、下の年齢か上の体重にカテゴリ変更する必要があるけれど。

体重は少し落とせば最軽量級になるので減量することにした。プロボクサーの汗の一滴まで絞り尽くす過酷な減量とはべつものだが、それでも「試合に向けて減量する」というのは格闘家の気分を味わえて、ただのダイエットとは意気込みが違った。食べるものを吟味して摂取カロリーを管理し、落ちないときは練習回数とジョギングを増やす。体力やパワーまでは落ちない、ほどよい体重を狙う。

試合が近づくにつれて練習に参加する人数が増え、道場は活気を増した。申し込んだときはまだまださきだと思っていたのに、いつのまにか間近に迫っている。同階級のエントリーは私とほかの道場の女性ひとりで、一勝すれば優勝、負けても二位だ。二十代男性のライトフェザー級などは大勢がエントリーしていて何度も勝ち進まなければ表彰台に上がれないが、女性はそもそも競技人口が少ない。

練習すればするほどできていないことの多さに焦り、さらに練習したくなる。だが、オーバーワークになって寝込んだら元も子もない。そもそも柔術に付け焼き刃は通用しない。一足飛びに上達するようなものではない、地道な積み重ねが必要な競技だ。憶えたテクニックを繰り返し練習して磨き、自分に合うようアレンジを加え、武器のひとつにしていく。ぜんぜん強くなっている実感を持てなくて落ち込む日もある。でも、いつのまにか以前はできなかったことがすんなりできていることに気付くのだ。

スパーリングで肩幅のある大柄な男性に三角絞めをかけているが、私の脚の長さではうまく絞められそうにない。

「横を向いてセットアップし直そう」と相手に言われる。

組んでいた脚をいったん外し、代わりに手で足首を摑んで、腰を蹴って相手の耳が見える位置までずれた。

「三角をもっと狭くして。頭を引いて腰を上げて」

首を絞められながらより苦しくなる方法を教えて実践させるなんて、冷静に考えたらおかしな状況である。でもここでは日常光景だ。素直な気持ちでひとから学んで吸収することは、年齢が上がるにつれ難しくなっていく。「うるさいな」と拒絶したり「お前になにがわかるんだ」と反発したり。でもここでは自然に受け入れられる。

ぽん、とタップされた。三角を解いてふうと息を吐き、額の汗をぬぐう。

「いい三角絞めだったよ。この調子で頑張って」

「ありがとうございます」

両者が立ち上がり、また挨拶して再開しようとしたとき、背後でどよめきが起こった。

振り返ると、堅山さんが息子である高校生の和希くんにオモプラッタという肩関節を極める技をかけられている。床に押しつぶされた堅山さんはしばらく耐えていたが、がくりとうなだれて息子の腰のあたりを二回叩いた。

「おめでとう！」歓声と拍手が起こる。

和希くんがはじめて父親からタップを奪ったのだ。


試合の前日、『四十からやってみました』の最終回が更新された。最終回のネタは腹話術講座だ。エッセイ漫画としての出来はよくも悪くもない。感想を求めてあれこれ検索してみるが、ほとんど見つからなかった。

更新を確認したことと、いままでお世話になったお礼をメールにしたためて橋本さんに送った。一時期はストーリー漫画を催促するメールが頻繁に送られてきたが、しばらく届いていない。もう諦められてしまったのか。

試合で着る予定の道着とラッシュガードをクローゼットから出してバッグに突っ込む。体重は朝食を摂れるよう、余裕を持って落としていた。ベッドに入る。明日に備えて早く寝たほうがいいのに、そわそわして寝つけない。

スマホが短く鳴った。メールの受信を知らせる音だ。手を伸ばして画面を確認する。橋本さんからだ。

『こちらこそたいへんお世話になりました。わたくしごとですが、今月いっぱいで退社することになりました。今後は○○社で漫画の編集の仕事を続けていきます。幸坂さんを再ブレイクさせられなかったことが心残りですが、またご縁がありましたらご一緒させてください。

幸坂さんの今後のご活躍をお祈りしております』

引き継ぎのことなどは書いていない。連載が終わったタイミングだし、橋本さんの退社と同時にあの出版社と私の関係は終わりということらしい。橋本さんが行く出版社はいまのところよりも大手で、しかも看板漫画家の担当だったことを考えると引き抜きに近いと思われる。またご縁がありましたら、と書いてあるが社交辞令だと読んだほうがよいだろう。とにかく、これでタイムアップだ。

部屋に戻り、本棚から一冊のコミックスを取り出した。背が日に焼けてタイトルはほとんど消えかかっている。この本を開くのは約二十年ぶりだ。記憶よりもずっと雑で荒々しいタッチに驚く。ほとんど殴り描きみたいなページもあった。描き文字なんてひどいものだ。

当時のことを思い出す。頭のなかであふれて荒れ狂うイメージの勢いに、手がついていかなくてもどかしかった。食べることも寝ることも忘れてペンを走らせ続けた。連載が終わってから半年ほど体調を崩して寝たきりになり、ようやく回復したころには同じような勢いでは描けなくなっていた。自分のなかでなにかが終わってしまっていた。

いまでこそ評価する声はちらほらあるけれど、連載していたときは不人気だった。体調が戻ってきたころに無理をして参加した出版社のパーティで、編集長に駄目出しという名の説教をされた。ともに作品をつくり上げた当時の担当編集者は、全否定する編集長に同意するばかりで守ってくれなかった。ひとのせいにするのは悔しいし情けないけれど、それが私の

なかにあった芯をぽっきり折って、四半世紀も経つのに癒えていない。どうせ私のやること
やつくる作品なんてたいしたものじゃない、という意識が拭えない。

久しぶりにちゃんと読んで、絵はひどいけどやっぱり私はこの作品が好きだと心底思った。

これを描いたときの私の情熱は尊かった。

――このままじゃ終われないよなあ。

呟きとともに涙がこぼれる。

洗面所へ行き、脩平が置いていったバリカンを棚から出した。アタッチメントを四ミリにセットして電源を入れ、サイドをツーブロックに刈り上げる。

シャワーを浴びて髪を流し、ベッドに戻った。まだ眠れそうにない。スマホで数ヶ月ぶりにあの女のSNSを開いた。

『パパの後ろすがた』

顔は写っていなくても、頭のかたちや少し癖のある白髪交じりの髪やなで肩の曲線でひとめで脩平とわかる写真。リュックから長葱の束が飛び出している。

懐かしい、と独りごとが洩れた。脩平はエコバッグの代わりにリュックを使っていて、よくこうやって葱を差していた。かつて私がいとおしく感じた脩平の後ろすがたを、この女性も同じように思ってくれている。また涙が滲んだ。

われながら傷の癒える早さに驚く。ひどい裏切りにあったたし、近くにいることに慣れすぎ

てなおざりになっていたけど、大事なパートナーとして愛していた日々は消えないし、否定しなくてもいい。

そっか、パパか。脩平はパパになったんだ。ふふふと笑いが洩れる。還暦が見えてきている年齢での子育て、たいへんだろうけど楽しみながらやってほしいな、とやわらかい気持ちで思った。私も毎日楽しくやっているから。

腹のなかがあたたかいもので満たされ、ようやく眠気がおとずれる。


大会は市営の体育館の柔道場でおこなわれた。道着のチェックを受け、体重計に乗り、セコンドについてくれる先生とマットに向かう。事前に同じ道場のひとと軽く打ち込みをしてあたためたはずのからだが、みるみる冷えて縮こまっていく。

「幸坂さん緊張してます？」

「……はい。かなり」

「だいじょうぶ！　練習の感じで！」

先生が笑って腕をさすってくれるがほぐれそうにない。

前の試合の決着がついた。どちらも一本を取れずポイントでの勝敗。

レフェリーが両手を上げて、私と対戦相手にマットに上がるよう促した。さらに心拍数が上がり、耳鳴りまでしている。指さきがつめたい。レフェリーのところまで歩いて握手をし、相手と向きあう。

「コンバッチ！」

レフェリーが手を振り下ろしてポルトガル語で試合開始を宣言した。手のひらとこぶしを合わせてから、相手を引き込もうと袖と襟に手を伸ばす。だが、わずかに躊躇しているあいだに逆に引き込まれ、流れでクローズドガードに入れられてしまった。

「幸坂さんクローズド割りましょう！　呼吸止めない！　鼻で息して！」先生の声が遠くから聞こえる。

相手の帯を両手で押しながら立ち上がり、尾てい骨のあたりに膝を入れる。クローズドガードが割れた。やった、と思った瞬間、無防備な足をすくわれてあっさり尻餅をつく。スイープ二点、向こうに点数が入った。

「すぐに立って！」

立ち上がるが、相手が抑え込もうと襲いかかってくる。とっさに後ずさって後ろを向いた。

「背中見せない！」

背中を見せてはいけないなんて格闘技の基本中の基本なのに。しまったと思ったときには、相手の両手がシートベルトのようなたすきがけになって抱きつかれていた。振り落とそうとするが鼠径部に両足のかかとをかけられる。

「首を守って！　相手に四点入りました」

顎を引き、自分の首に手を添わせて絞めを阻止しようとする。相手がリアネイキッドチョークを狙って背後からまわした腕は顎にかかった。ぎりぎりと絞められ、顔の骨がきしむ。未経験者の脩平にこの技をかけたバチが当たったのかもなんて、非現実的なことが頭をよぎる。びきっと奥歯が鳴った。怖い、と思って顎が上がる。相手の腕が首すじにはまった。だが頸動脈には当たっていない。かろうじて極まっていない。いっそ落ちるまで我慢しようか。死ぬわけじゃないし。

「パロウ！」

レフェリーがそう告げてふたりに触れた。

一瞬なにが起こったのかわからなかった。——ああ、見込み一本か。今回のルールでは白帯の試合だけレフェリーの判断で降参させることができる。

立ち上がって並んだ。レフェリーが両者の手を取り、勝者の手だけを上げる。拍手が起こった。相手と握手してマットを降り、先生にお礼を言う。

柔道場を出て更衣室に向かった。女子更衣室にはだれもいない。ベンチに座る。なにもできなかった、と思ったとたん、顔面が熱くなって涙があふれる。歯を食いしばって嗚咽をこらえた。

手の甲で涙をぬぐうと、スマホを取り出し、編集者の橋本さんに電話をかける。呼び出し音が何度も鳴り続くのをもどかしく聞く。

はい橋本です、といういぶかしげな声にかぶせるように言葉が飛び出していた。

「幸坂です。ストーリー漫画の件、会社が変わってもまだ待ってくれますか？　いえ、待ってください。まだなんのアイデアもないんですけど。でも必ず考えます。描かせてください。橋本さんを唸らせるような作品、描いてみせます」

二度と後ろは見せない。勝敗をだれかに決めさせない。勝ちも負けも自分の手で摑みたい。万策尽きて燃え尽きてタップするまではあがき続けてやる。

初出　U-NEXTオリジナル書籍

ブルーチーズと瓶の蓋	2023年５月19日
教会のバーベルスクワット	2021年12月６日
保健室の白いカーテン	2022年２月14日
森林限界のあなた	2022年６月10日
コンバッチ！	2022年11月25日

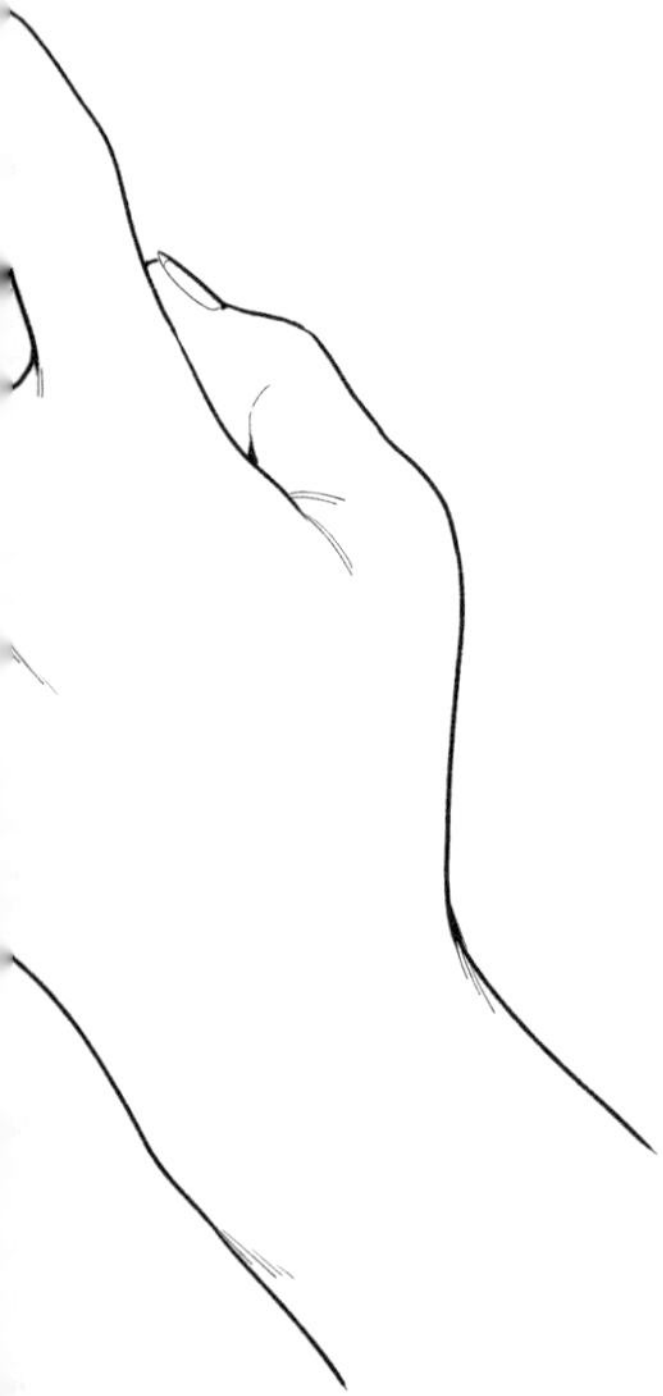

蛭田 亜紗子（ひるた・あさこ）

1979年北海道札幌市生まれ、在住。
2008年第7回「女による女のためのR-18文学賞」大賞を受賞し、
2010年『自縄自縛の私』（新潮社）を刊行しデビュー。
そのほかの著書に、『凜』（講談社）
『エンディングドレス』（ポプラ社）
『共謀小説家』（双葉社）などがある。

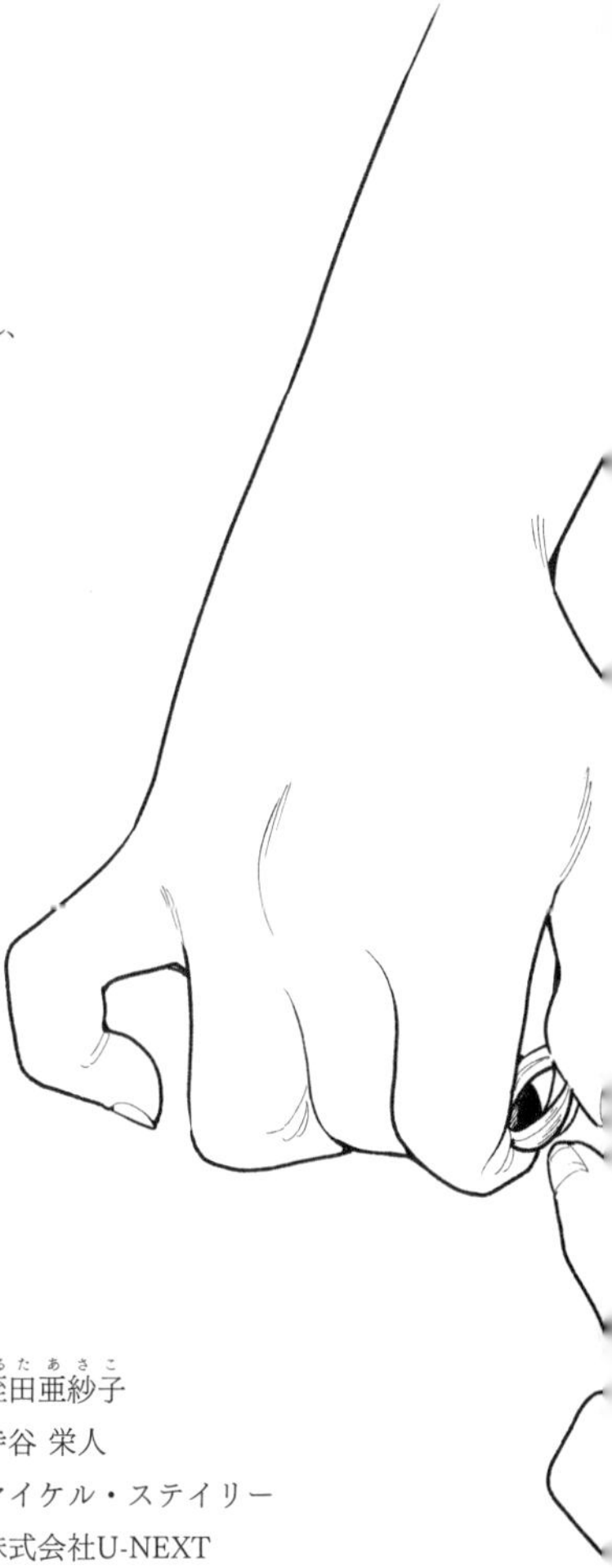

窮屈《きゅうくつ》で
自由《じゆう》な
私《わたし》の容《い》れもの

2023年９月13日　初版第１刷発行

著　者　蛭田亜紗子《ひるたあさこ》
編　集　寺谷 栄人
発行者　マイケル・ステイリー
発行所　株式会社U-NEXT
〒141-0021
東京都品川区上大崎3-1-1
目黒セントラルスクエア
電話　03-6741-4422（編集部）
048-487-9878（受注専用）
印刷所　シナノ印刷株式会社

©Asako Hiruta, 2023 Printed in Japan
ISBN 978-4-911106-04-4 C0093

落丁・乱丁本はお取り替えいたします。
小社の受注専用の電話番号までおかけください。
なお、この本についてのお問い合わせは、編集部宛にお願いいたします。
本書の全部または一部を無断で複写・複製・録音・転載・改ざん・
公衆送信することを禁じます（著作権法上の例外を除く）。